우치다 햣켄 기담집

공포와 전율의 열다섯 가지 이야기

우치다 햣켄 지음

김소운 옮김

우치다 햣켄 기담집

공포와 전율의 열다섯 가지 이야기

글항아리

거적

감나무집은 동네에서도 손꼽히는 부자로, 처마가 깊고 입구의 봉당은 으스스할 만큼 넓었다.

나는 어린 시절 감나무집의 슈 씨에게 영어를 배우려고 매일 그 집을 찾아 2층으로 올라갔다. 여름 땡볕이 쨍쨍 내리쬐는 대낮의 길을 걷다가 감나무집의 봉당에 들어가면, 갑자기 주변이 어두워져서 발밑도 분간할 수가 없었다. 봉당의 한쪽 구석에서 문턱을 지나 사다리 계단으로 가다보면, 오른편에 활짝 열린 문으로 삼간통(방 세 칸이 전부 통하게 되어 있는 집 구조)의 다다미가 보였다. 멀리 차가워 보이는 색깔의 다다미가 깔린 방 저편의 환한 마당에 드리운 나뭇잎들이 한 장 한 장 반짝반짝 빛났다.

그 널찍한 방 한복판에서는 벌거벗은 까까머리 할아버지가 큰 대 자로 덩그러니 누워 뒹굴뒹굴하며 낮잠을 자고 있었다. 다다미의 겉면이 하얗게 빛나서 할아버지의 몸이 마치 물 위에 떠 있는 듯이 보였다.

2층에 있는 슈 씨의 방에서 영어를 배우는데 아래층에서 할아버지의 코 고는 소리가 들렸다. 처음에는 참을 만했으나, 갈수록 고요한 집 안이 떠나갈 듯이 드르렁드르렁 울렸다.

슈 씨의 책상 위에는 길쭉하고 네모난 병에 담긴 외국산 잉크가 놓여 있었다. 사자가 일어선 그림이 그려진 상표의 병 뚜껑을 열면 묘하게 좋은 냄새가 나서 영어 공부를 하다 말고 킁킁거리며 냄새를 맡았다. 문득 할아버지의 코 고는 소리가 딱 멎더니 뭔 소린지 모를 잠꼬대가 지척에서 들렸다. 그러다가 무서운 말투로 고래고래 고함치며 줄기차게 알 수 없는 소리를 해댔다. 저러다가 몽유병 환자처럼 잠든 채 돌아다니지는 않을까 걱정될 정도였다. 슈 씨가 잠자코 일어나기에 사다리 계단을 내려가 할아버지를 깨우러 간 모양이라고 생각하고 홀로 기다렸으나, 갈수록 커지는 할아버지의 잠꼬대는 그칠 기미조차 없었다. 쥐 죽은 듯이 고요한 집 안에서 시끄럽게 떠드는 사람의 으스스하고도 앙칼진 목소리는 2층에 있는 내게 뭔가 알 수 없는 얘기를 전하는 듯싶기도 했다. 갑자기 섬뜩해져서 도저히 혼자 있을 수가 없었다. 슬며시 방에서 나와 사다리 계단을 내려갔더니 어디로 갔는지 슈 씨는 근처에 보이지 않았고, 그저 할아버지 홀로 하얗게 빛나는 다다미 위에 반듯이 누워서 실눈을 뜬 채 자고 있었다.

"나는 하고 싶은 말을 아무렇게나 실컷 지껄여대고 아랫단의 소나무가 삿갓을 엮고 있었으니 말해봐. 램프 청소할 때 쓰는 대나무 막대로 깨부쉈잖아!"

할아버지는 꼼짝도 하지 않고 잠든 채 악을 썼다. 계단 입구에서 뒤돌아 잠자코 돌아가는 등 뒤로, 잠꼬대하는 할아버지의 새된 목소리가 어스레한 봉당의 흙바닥에 울려 퍼졌다.

감나무집 안쪽의 곳간에서 도둑고양이를 잡기 위해 설치한 포획 틀에 아무도 본 적 없는 이상한 짐승이 걸렸다는 소문이 돌았다. 혹자는 그것이 특이한 동물이 아니라 큰 족제비라고 했다. 또다른 사람은 족제비가 아니라 담비를 닮은 뇌수雷獸*일지도 모른다고 했다.

동네에서 고물상을 하는 이나리마쓰라는 할아버지가 수선을 피우며 어디선가 야시香具師**를 데려와 감나무집의 짐승을 사들인 모양이었다. 슈 씨에게 가서 보여달라고 했을 때, 그 짐승은 이미 감나무집에 없었다.

---

* 비바람이 불면 구름을 타고 다니며 벼락과 함께 땅으로 내려와 사람과 가축을 해친다는 중국의 상상 속 동물. 회색의 작은 개처럼 생겼으며, 긴 머리에 주둥이는 검고, 꼬리는 여우를, 발톱은 수리를 닮았다고 한다.
** 축제일에 번잡한 길가에서 마술 쇼를 하거나 큰 소리로 싸구려 물건을 파는 사람.

그리고 얼마 후 축제가 열렸는데, 신사의 돌계단 아래에 감나무집의 괴수가 구경거리로 나왔다는 얘기를 듣고 가보았다. 막을 두른 거창한 가설극장 입구에 걸린 커다란 액자에는 번갯불에 비친 늑대가 먹구름 덩어리에 꼭 달라붙어 있는 그림이 있었다. 이나리마쓰가 흥행장의 출입구에서 나무표를 두드리며 소리쳤다.

"아, 이것이 구마야마熊山에서 생포한 이상한 늑대입니다. 늑대를 닮았으나 늑대는 아니고, 사냥꾼을 세 명씩이나 물어 죽인 희대의 괴수이지요. 입장료는 단돈 세 푼三錢입니다. 자자, 어서 구경하러 오십시오."

얼굴이 새빨간 이나리마쓰의 이마에서 땀이 흘렀다. 그때 장막 뒤에서 뭔가가 신음하는 소리가 들렸다. 내가 흥행장의 출입구에 다가가자, 이나리마쓰는 이상한 표정을 하고 내 몸을 숨기듯 당기면서 공짜로 들어가게 해주었다. 그러더니 내 귓가에 얼굴을 갖다대고 작은 목소리로 말했다.

"실은 이놈이 소문으로만 듣던 바로 그 뇌수입니다."

가설극장 안에는 쇠창살을 끼운 우리가 무대 위에 떨렁 놓여 있고, 그 앞의 통나무 난간에 구경꾼이 대여섯 명 서 있었다. 짐승은 머리부터 몸통까지의 길이가 두 자도 채 되지 않을 만큼 작고 꼬리가 굵은 게 아무래도 족제비 같았다. 우리에서 날뛰며 몸을 날릴 적마다 오줌을 지렸다.

"그런데 족제비치고는 너무 커. 게다가 아무래도 얼굴이 다르잖아"라고 구경꾼 중 한 명이 옆의 남자에게 말했다.

"그간 쉬쉬했으나 사실은 감나무집의 곳간에 있었대. 이놈이 오랜 세월 감나무집에 화를 입혔는지도 몰라."

그렇게 말한 남자가 발치에 떨어져 있던 막대기를 주워서 쇠창살 사이로 쑥 밀어넣자 우리 안의 짐승이 새처럼 삑삑 울었다. 아까 밖에서 들었던 신음 소리와는 너무 달라서 도리어 섬뜩했다.

구경꾼들이 연달아 들어왔다.

소문으로는 이나리마쓰와 야시가 이 구경거리로 100엔이나 벌었다고 했다.

우리 집에 드나드는 거룻배 뱃사공 겐 씨의 집에 감나무집 짐승이 있다는 이야기를 듣고 보러갔다. 돈벌이에 이용한 뒤 처치하기 곤란하자 이나리마쓰가 맡긴 모양이었다.

겐 씨의 집은 강을 따라 외길로 집들이 늘어서 있는 거리의 돌담 위에 자리하고 있었다. 집주인에게 미리 양해를 구하고 뒤뜰로 돌아가자, 헛간 옆 비 맞은 땅바닥에 설치한 우리가 보였다. 3면의 쇠창살을 판자로 에워싸 어둑어둑한 우리 안에서 그 짐승의 둥근 눈이 반짝반짝 빛났다. 내가 그 앞에 쭈그리고 앉자, 우리 안의 짐승은 내 얼굴을 보지 않으려

우치다 햣켄 기담집

고 날뛰었다. 잠시라도 절대 나를 보지 않으려는 듯한 그 모습이 왠지 밉살스러워서 그놈의 옆구리를 찌르려고 헛간에서 대나무 막대를 주워 왔다. 짐승은 그것을 피하려고 쇠창살 안에서 어찌나 쌩쌩 달리는지, 눈앞에서 검은 줄들이 아른아른할 정도였다. 내가 막대를 집어넣을 적마다 빽빽 울며 날뛰더니, 결국엔 제풀에 지쳐서 조용히 우리 구석에 철퍼덕 주저앉았다. 칼칼하고 갈라진 목소리로 연신 헉헉거렸다. 괴로워서 헉헉거리는 그 짐승이 내 얼굴을 힐끔힐끔 보고 있음을 깨달았다. 처음에는 나를 보지 않는 것이 속상해서 괴롭혔으나, 막상 짐승이 내 얼굴을 빤히 바라보기 시작하자 약간 무서웠다. 혼자 있기가 싫었으므로 말없이 겐 씨의 식구에게 돌아갔다.

이튿날도 겐 씨의 집으로 가서 대나무 막대기로 우리 안의 짐승을 괴롭혔다. 짐승이 뛰어다니는 속도가 점점 둔해지더니, 입을 벌리고 가늘고 자그마한 이빨로 막대기 끝을 물어뜯기 시작했다. 어떨 때는 막대기의 뾰족한 끝을 문 채 앞다리로 우리의 쇠창살을 꽉 잡고 일어섰는데 그 모습이 매우 밉살스러웠다. 특히 가슴부터 배에 걸쳐서 가지런히 난 붉은빛 털이 바림하듯 차츰 색이 옅어져 노란빛을 띠는데, 정면에서 달려올 때는 꽤 섬뜩해서 짐승의 입을 비집어 막대기를 빼내 우리에 넣고 마구 휘저었다. 짐승은 우리의 구석에 나부라져서는 헉헉거리며 지그시 나를 봤다. 쇠창살 사이로 그 조그마한 얼굴이 내게로 다가오는 모습이 보였다. 나는 더럭 겁이 나서 막대기를 내던지고 집으로 도망쳤다.

그 이튿날에도 또 겐 씨의 집에 갔다. 짐승이 차츰 움직이지 않자 그 모습이 더욱 밉살스러웠다. 이젠 내가 끝이 뾰족한 막대기 끝으로 우리 안을 마구 휘저어도 도망치지도 않고 처음부터 헉헉거리며 이빨을 드러냈다. 막대기로 아랫배를 찌르고 짐승을 억지로 들어 올리자, 묘하게 묵직한 느낌이 막대기를 타고 전해졌다. 그래도 짐승은 날뛰지 않았다. 그리고 끝까지 내 얼굴을 지그시 응시하며 줄줄 오줌을 쌌다. 그렇게 오래오래 오줌을 누어서 우리에서부터 땅바닥을 타고 흘러 내 발밑에까지 고였다.

그날 밤 나는 잠자리에 든 뒤에도 밤새도록 족제비 이빨 소리를 들은 것 같다. 실제로 샘물가에 족제비가 나타나서 금붕어를 노리고 이빨을 가는 소리였는지, 아니면 꿈을 꾼 건지 확실치 않다.

이튿날 겐 씨가 찾아와서 아주 조심스럽게, 내가 괴롭히는 바람에 자신이 데리고 있던 짐승이 죽었다는 소식을 전하고 갔다고 한다. 아마도 겐 씨에게 약간의 배상을 했을 것이다.

도쿄에서 우메쓰구 씨가 와서 우리 집에 난리가 났다.

내 고향집은 도쿄에서 150리나 떨어져 있어서 도쿄의 손님이 찾아오는 일은 극히 드물었다. 오사카에 친척 집이 두세 군데 있다는 것은 알았지만, 우메쓰구라는 여자의 이야기는 이제껏 들은 적도 없고, 어떻게 아는 사람인지도 몰랐다.

그러나 어머니는 마치 친척이라도 온 듯 2층의 다다미 12장(약 6평) 넓이의 응접실로 안내하고 뻔질나게 오르락내리락했다. 이윽고 내게도 가서 인사하고 오라고 하셔서 가보니, 어머니와 비슷한 연배로 보이는 희고 통통한 얼굴의 여자가 허연 줄무늬 옷을 입고 앉아 있었다. 생전 처음 보는 사람이었다.

온 가족이 갖가지 요리를 대접하며 환대했다. 아마도 2, 3일은 집에 머물 모양이었다.

우메쓰구 씨는 여우를 이용하여 요술을 부리는 사람이라고 어머니가 말씀하셨다. 거창한 요술로 도쿄에서도 떵떵거리며 살고 있는 우메쓰구 씨는 빗추備中(오카야마현 서부의 옛 이름)의 이나리 신사에 잠깐 볼일이 생겨서 이곳에 온 김에 우리 집에 들른 것이다. 이제부터 기도가 시작되니 모두 2층으로 오라고 해서 나도 따라가서 식구들 틈에 앉았다.

우메쓰구 씨가 신 앞에서 손뼉을 치더니 평소의 목소리로 도코노마 쪽을 향해서 공손히 절했다. 얼마 후 갑자기 어깨 주위가 바르르 떨리며 이상한 소리가 났고 돌연 앉은 채 두세

치(약 6~9센티미터) 높이로 펄쩍 뛰며 사람들이 앉아 있는 쪽으로 휙 돌아섰다. 그러더니 눈을 감고 말더듬이처럼 입꼬리를 실룩거렸다.

무슨 말인가 했더니 2, 3년 전에 죽은 사촌 누이의 얘기를 주워섬기며, 우리 집이 끝까지 잘 보살펴줘서 고맙다는 인사치레를 했다. 범상치 않은 음색 탓에 듣는 내내 감나무집 할아버지의 잠꼬대가 기억나서 언짢았다.

여전히 무슨 말인가를 계속 주절댔으나, 마지막 말은 잘 알아들을 수가 없었다. 숨을 식식거리며 띄엄띄엄 하는 말을 무심코 듣고 있던 나는 별안간 등골이 서늘했다. 우리 안에서 내 얼굴을 보던 짐승의 목소리와 똑같았던 것이다. 그러자 우메쓰구가 엉거주춤한 자세로 몸을 벌벌 떨며 양손으로 옷소매를 탁탁 두드리고는 "이제 돌아가자"라고 했다.

우메쓰구가 눈을 뜨고 사람들의 얼굴을 보더니, 파김치처럼 축 늘어진 채 이마의 땀을 닦았다. 그 앞에 늘어선 식구들도 마음이 놓인 모양인지 모두 조용히 크게 한숨을 쉬었다.

죽은 사촌 누이에 관해서는 그 전에 어머니께라도 들었을 수 있다. 그러나 뜬금없이 망자에 관한 이야기를 꺼내서 살아생전에 친절하게 대해줘 고맙다는 인사를 한 것이 왠지 수상했다. 예전에 밤에 북을 두드려서 죽은 사람의 혼을 부르는 간바라 기도神原祈禱라는 것을 들은 적이 있다. 경찰이 이를 금지한 탓에 북 가죽을 헝겊으로 싸 두드렸는데 소리가 또렷하지 않아 도리어 으스스했다. 그 기도를 하는 집 밖의 시커먼 그늘에 서서 집 안을 엿보았는데, 죽은 아내의 혼이 공손히 절하는 사람에게 빙의하여 고개를 숙인 남편에게 갖가지 사무친 원한을 늘어놓았다.

듣는 사람이 난처할 만한 말을 하지 않으면 진짜 같지가 않다. 그래서 우메쓰구의 기도를 믿을 수가 없었지만, 무슨 말인가를 할 때의 몸짓과 목소리는 어쩐지 섬뜩했다.

우메쓰구가 빗추의 이나리 신사에 참배하러 갈 때 어머니와 술도가를 하는 사람 그리고 내가 동행했다. 그때도 역시 우메쓰구가 이상한 말을 해서 점점 무서워졌다.

이튿날 아침 일찍 기차를 타고 가서 신사 앞의 찻집에서 점심을 먹었다. 우메쓰구는 다짜고짜 밥상 위의 접시와 공기를 딱딱 맞부딪히며 이상하게 굴었다.

신사의 앞마당으로 나온 우메쓰구는 말이 없었다. 네 사람이 큰 불전함(참배객이 시줏돈을 넣는 함) 앞에 나란히 섰을 때, 몸을 부르르 떨더니 갑자기 앞의 계단 끝까지 뛰어 올라가 휙 돌아서서는 알 수 없는 말을 지껄였다. 왼편의 두 아름이나 되는 큰 청동 향꽂이에서 연통처럼 연기가 피어올랐다. 우메쓰구가 양 소매를 탁탁 두드리는 소리에 놀라서 보니, 붕 떠

오른 우메쓰구의 몸이 향꽂이에서 피어오르는 연기 위를 훌훌 날다가 이내 땅바닥에 내려앉았다.

저녁에 집으로 돌아온 나는 되도록 우메쓰구가 있는 곳을 피했다. 으스스할 뿐 아니라 어쩐지 얼굴을 보고 있으면 기분이 나빴다.

저녁 식사는 2층의 6평짜리 방으로 밥상을 옮겨서 대접한 모양이었다. 어머니는 우메쓰구가 큰 향꽂이 위를 뛰어넘은 이야기를 모두에게 들려주며 우메쓰구의 신통력에 탄복했다. 하녀가 여러 번 작은 술병을 나르는 걸 보니 우메쓰구가 술을 마시는 것 같았다. 내가 아래층의 별채에서 잠자리에 든 뒤에도 2층은 여전히 시끌벅적했다.

이윽고 샤미센* 소리가 들렸다. 내가 어리마리한 찰나에 예사롭지 않은 어머니의 목소리가 지척에서 들렸다. "폭풍우도 어느새 그친 뒤 조용한 하늘에 울리는 종소리. 꾸던 꿈에서도 깰 수 없어라. 기억나는 것은 그저 옛날뿐."

얼떨떨한 기분으로 퍼뜩 눈을 뜨니 생전 처음 듣는 이상한 곡조의 샤미센 소리가 들렸다. 우메쓰구가 켜고 있는 듯했다. 간간이 노랫소리도 들려왔는데, 가사의 의미는 모르지만 어쩐지 남자 목소리 같았다.

---

* 목이 길고 줄받이가 없는 3현으로 된 일본의 현악기.

우치다 햣켄 기담집

그다음 잠에서 깼을 때는 갑자기 세찬 바람이 부는지 마당에 쏴쏴 하고 나뭇잎 부딪히는 소리가 들렸다. 그 소리 너머로 아직 샤미센 소리가 들리는 듯했다. 그 이상한 짐승이 우메쓰구로 둔갑해서 찾아온 것 같은 불길한 예감에 소스라치게 놀라 이불을 뒤집어썼다.

아침부터 잠결에 부엌 쪽에서 웅성웅성하는 소리가 나서 눈을 떴다.

우메쓰구가 세수를 하려고 4평가량의 부엌으로 내려가 담배를 한 대 피우고 있었는데, 몇 해 전부터 기르는 이치라는 큰 개가 덮쳐서는 우메쓰구의 옆구리를 물었다고 한다. 우메쓰구가 놀라서 넘어질 뻔했는데 이치는 옆구리를 문 채 끝까지 놓지 않았다. 술도가를 하는 남자가 급히 달려와서 간신히 이치를 쫓아버렸지만, 새파랗게 질린 우메쓰구는 소주를 마시고 이제야 겨우 제정신으로 돌아왔다고 한다.

내가 세수를 하고 밥을 먹는 내내 집 안이 술렁거렸고, 구석구석에서 속닥거리는 소리가 들렸다.

오전에 우메쓰구는 짐 가방을 챙겨 자동차를 타고 돌아갔다.

이 이야기는 과거의 기억을 더듬어 썼다. 그러나 이것이 전부 실화인지, 아니면 공포심이 만들어낸 허무맹랑한 망상과 어우러진 가물가물한 기억인지 이제는 나 자신도 헷갈린다.

개 짖는 소리

친구가 집으로 초대해서 시간 가는 줄 모르고 놀았다. 집 앞의 네거리까지 배웅하러 나온 친구가 길이 위험해 보였는지 조심해서 돌아가라고 했다.

친구와 헤어진 뒤 홀로 어둑어둑한 길을 걸어 올라갔다. 올 때는 몰랐으나 길게 이어진 완만한 비탈을 올라가려니 한참 걸렸다. 길가 양편에 불 켜진 집은 보이지 않았지만 절벽은 아니었다. 어디선가 희미한 불빛이 길을 비췄다. 괜스레 무서웠다.

길 끝까지 올라오니 막다른 곳에 아직 문을 연 빙수 가게가 보였다. 가을바람이 불기 시작했으나 여전히 밤에는 무덥다. 그런데 오늘은 유달리 어두워진 뒤에 스산한 바람이 불었다. 간들간들 부는 눅눅하고 뜨뜻미지근한 바람 때문에 피부가 끈끈했다. 차가운 얼음물이 마시고 싶었다.

대뜸 가게로 들어가서 앉았다. 전깃불 때문에 생겨난 여러 형체의 그림자로 가게 안이 침침하다. 주인인 듯한 남자가 그림자가 진 마룻귀틀에서 고개를 들었다.

"어서 오세요."

"스이永*를 주시겠습니까?"

"예에?"

"스이를 주세요."

"스이가 뭔가요?"

"얼음 넣은 스이요."

"뭘 말씀하시는 건지요?"

"빙수 가게에서 스이가 뭔지 물으시다니, 별일이군요."

"들어본 적이 없어서요."

"이거 참 낭패로군. 그럼 라무네ㅋㅅㅊ**는 되나요?"

"그거야 되지요."

가게 주인이 천천히 나왔다.

"죄송합니다. 그럼 라무네로 드릴까요?"

주인은 얼음 조각이 든 컵과 라무네 병을 함께 가져왔다.

"손님이 느닷없이 이상한 말씀을 하셔서요."

---

* 꿀이나 설탕을 탄 얼음물을 가리키는 속어.
** 무색의 투명한 탄산음료에 레몬과 라임 향료를 넣어 독특한 모양의 유리병에 담은 청량음료. 라무네라는 이름은 1853년 미국의 페리 제독이 우라가浦賀항을 통해 레모네이드가 든 병을 가져온 것에서 유래한 것이라 한다.

"제가요? 여하튼 주인장은 이곳 분이신가요?"

"아니요, 이곳 토박이는 아니고 중국계 일본인입니다."

"아하, 그래서 그러셨군요. 저, '눈 설雪자'가 보이시죠? 빙수 가게에서 제일 싼 것입니다."

"아하, 그거요? 간 얼음에 흰 설탕을 뿌린 것 말씀이시군요. 그게 어째서요?"

"흰 설탕이 아니라 감로甘露*를 넣고 그 위에 간 얼음을 얹은 것이 스이예요."

"아, 그래요? 몰랐어요."

주인장이 그렇게 말하면서 병따개를 라무네 병에 대고 누르자, '퐁' 소리가 나며 유리구슬이 빠졌다.**

그 순간 주인장이 "왓!" 하고 괴상한 소리를 질러서 깜짝 놀랐다.

"아이쿠, 놀라라" 하며 주인장이 나를 쳐다보았다.

"왜 그러세요?"

"아닙니다. 그냥 놀라서요. 자, 그럼 맛있게 드세요."

주인장은 라무네를 반쯤 컵에 따라주고 마룻귀틀로 돌아갔다.

---

* 여름에 단풍나무나 떡갈나무 잎에서 떨어지는 달콤한 수액.
** 1872년 영국의 하이럼 코드Hiram Codd가 발명한 것으로 일명 코드넥보틀Codd-neck bottle이라 부른다. 코르크는 비싸고 탄산이 쉽게 빠져나갔으나, 유리구슬은 밀폐력이 뛰어나고 재사용도 가능해서 널리 이용했다고 한다.

아무래도 좀 취한 모양이다. 그나저나 얼음을 띄운 라무네는 정말 맛있었다. 라무네가 목을 넘어갈 때 목구멍이 따끔거리며 문득 지가사키茅ヶ崎의 얼음 띄운 라무네가 생각났다. 농가의 별채를 빌려서 요양하고 있는 친구에게 병문안을 갔다가 밤늦게 돌아가는 길이었다. 인가의 불빛이 점점이 반짝이는 좁은 길을 돌고 돌아서 야트막한 돌담을 끼고 다시 꺾어서 나오자 주변은 온통 논이었다. 논 사이에는 희끄무레하게 보이는 길이 곧게 쭉 뻗어 있었다. 올 때 분명 지나왔을 텐데, 이상하게도 마치 난생처음 온 길을 걷는 기분이었다.

논 사이로 난 길을 걷고 있으려니 괜스레 더럭 겁이 나면서 다리가 부들부들 떨렸다. 잰걸음으로 서둘러 그 길을 지나가려고 해도, 다리가 마음대로 움직이질 않아 점점 더 무서웠다. 그 자리에 얼어붙은 듯 가만히 서 있을 수만은 없었기에 달리려고 했으나 다리가 좀처럼 말을 듣지 않았다.

정신없이 논 사이를 지나 지가사키역 근처의 주택가로 들어갔다. 길 양쪽 집들에서 흘러나오는 불빛을 보니 그제야 마음이 놓여 냉큼 눈앞의 빙수 가게로 들어가 라무네를 마셨다. 그리고 바로 지금, 라무네가 따끔따끔하게 목구멍을 타고 내려가자 그날의 기억이 되살아났다. 그때나 지금이나 라무네의 맛은 같았다.

그런데 오늘 밤은 내 곁에 아무도 없다. 훗날 그때 그토록 무서웠던 이유가 환자 옆에 있던 저승사자가 날 따라왔기 때문이라고 여겼다. 환자의 병세가 상당히 악화되었음에도 목숨을 건진 것을 보고, 진심으로 그렇게 믿었다.

라무네를 마시면서 곱씹어보았다. 나 원 참. 친구 데리러 온 저승사자를 등에 업고 오다가 떼어버렸다니, 말이 돼?

걸터앉은 의자 아래로 다리가 부들부들 떨렸다. "아저씨, 라무네 한 병 더 주시겠어요?"

"예, 예."

그늘에서 나온 아저씨가 이번에는 뚜껑을 '퐁' 따서 가져왔다.

"목이 마르세요?"

"아, 예."

"손님, 무슨 일 있으세요?"

"왜 그러시죠?"

"아닙니다. 그럼 천천히 드세요."

아저씨가 발소리를 죽이며 다시 그늘로 들어갔다.

두 병째 마시는 라무네는 앞서 마셨던 것만큼 맛이 있지는 않았다. 이젠 별로 입에 당기지도 않았다. 그러나 저승사자는 처음이나 지금이나 여전히 섬뜩하다. 역시 내 짐작이 맞아. 그래서 거기를 걸어갈 때 무서웠던 거야.

"손님, 뭐라고 하셨어요?"

"예?"

"방금 뭐라고 하신 것 같은데."

"아무 말 안 했어요."

아저씨가 마룻귀틀로 돌아간 모양인지 딸그락딸그락하는 소리가 났다.

그래, 생각만 해도 끔찍해서 멋대로 치부한 거야 후후후.

"손님, 이번에는 뭐라고 하신 거예요?"

"그래, 결국 그렇게 된 거였어."

"무엇이?"

"결국은 나 혼자 착각했던 거야."

"예?"

"맞아. 하지만 그래도."

저승사자가 두려운 것은 인지상정이다. 그때도, 지금도.

"손님, 잠깐, 잠깐." 아저씨가 등불 앞으로 얼굴을 내밀었다. "잠깐 뒤를 돌아보세요."

"예? 무슨 일로?"

"잠깐 뒤를 보세요."

"다짜고짜 뒤를 보라니, 싫습니다."

"아아, 벌써 사라졌네."

아저씨가 다시 내게로 왔다. 대체 왜 일어섰다 앉았다 하며 안절부절못하는 걸까.

"손님, 저 건너편은 묘지여서 저녁이 되면 하늘은 언제나 시커멓고 주위에는 불빛 하나 없거든요. 그런데 가끔 그 어둠 속에서 반짝이는 물체가 보입니다."

"반짝이는 물체라니, 그게 뭔가요?"

"글쎄요. 잘 모르겠습니다. 여기로 이사 온 지 얼마 안 되지만 이제는 제법 익숙해졌지요."

"익숙해져요?"

"오늘 밤쯤에 또 빛이 반짝이겠구나 싶은 밤에는 어김없이 나타나더라고요."

"뭘까요?"

"도깨비불이라는 케케묵은 소리는 하지 않겠지만, 어쨌든 기분이 썩 좋지는 않죠."

"이름이야 어떻든 아주 허무맹랑한 얘기는 아니잖아요."

"그런가요?"

"엄연히 있는 것을 어쩌겠습니까?"

"정말로 있는 걸까요?"

"이상한 말씀을 하시는군요, 늘 여기서 보인다면서요."

"그야 그렇지만, 그놈의 도깨비불인지 뭔지가."

"반짝이나요?"

"맞습니다."

"그렇다면 그 반짝이는 것이 도깨비불이든 여우불이든 보이는 것을 어쩌겠어요."

"정말 징글징글합니다. 손님은 바쁘십니까?"

"아니요. 딱히 바쁘지는 않아요."

"어디로 가는 중이셨나요?"

가게 주인이 찬찬히 내 얼굴을 보았다.

"방금 초대받은 집에서 나왔습니다. 어차피 이 시간이면 전차도 이미 끊겼을 거예요."

"괜찮으시면 천천히 계시다 가시지요. 이런, 아직 라무네가 남았네요."

"라무네는 이제 됐습니다. 아저씨 혼자 계신가요?"

"뭐, 오늘 밤은 좀. 시간이 늦었지요."

"혼자라서 늦게까지 가게를 여시는군요"

"이런 밤에는 잠을 잘 수 없거든요."

"어째서요?"

"손님, 소주 한잔 드시겠습니까?"

"소주가 있나요?"

"얼음만 팔아서는 장사가 안 되니까요. 소주도 잘 팔립니다."

아저씨는 말을 마치고 일어나더니 두 말들이 정도 되어 보이는 술독 앞으로 갔다. 그러고는 술독을 기울여 소주 두 컵을 받아서 가져왔다.

아저씨는 한 잔을 내 앞에 놓고 다른 잔에 입을 댔다.

"소주는 마실 줄 아시죠?"

내가 보는 앞에서 소주를 반쯤 들이켰다.

"그런데 손님, 아까 얘기하다 만 그게 정말 있을까요?"

"반짝이는 물체 말씀이군요. 아무렴요. 실제로 보셨다면서요."

"어쨌거나 끔찍합니다."

"어떤 색이었나요?"

"원래는 파란색인 줄 알았는데 나중에 어두운 곳을 휙 지나가기에 보았더니 발그레했어요."

"그거로군요."

"뭐요?"

"도깨비불이요."

"손님은 어디서 오셨나요?"

"바로 요 앞에서요."

"바로 요 앞이라고요?"

"아무렴 어때요."

아저씨는 파랗게 질린 얼굴로 컵에 연거푸 입을 갖다댔다. 나도 제법 마셨다. 해장술이라도 마신 양 눈앞이 핑핑 돌았다. 생각해보니 통메장이의 장남이 죽었을 때 집안일을 거들어주러 왔던 장남의 딸이 날이 어두워진 뒤 뒤뜰 담장 너머로 불덩어리가 날아다닌다며 비명을 지른 적이 있었다.

그리고 잠시 후 나 역시 아저씨가 말한 그 반짝거리는 것을 거의 사라지기 직전에 보았다.

"거봐요. 있다니까요."

"예, 그렇네요. 그런데 왠지 주인장은 그다지 무서워하지 않는 눈치시군요."

"그렇게 보이세요? 오늘 밤은 또 어떻게 넘길지 걱정이 태산인걸요."

"무슨 일 있으십니까? 얼굴이 창백하군요."

"그런가요. 이것 탓이겠지요"라며 아저씨는 다시 한 모금 마셨다.

그때 아저씨가 가만히 귀를 기울였다. 멀리서 개 짖는 소리가 들렸다.

"어떤 개인지는 몰라도 분명 그 개일 겁니다."

"상당히 멀리 있는 것 같은데요."

"이번에는 어디서 짖는 걸까요? 처음과는 전혀 다른 방향에서 들렸거든요. 아무리 빨리 달려도 그렇게 먼 곳까지 가기는 불가능할 텐데."

"다른 개겠지요."

"아니요, 단언컨대 같은 개입니다. 아무렴요. 저는 개가 짖기 전부터 알 수 있습니다."

"짖기 전부터 안다고요?"

"네. 어떤 밤에는 짖고, 또 어떤 밤에는 잠자코 있거든요. 그런데 개가 짖는 날이면 멀리서도 낌새가 느껴집니다."

"그래서요."

"그 낌새를 알아채면 기분이 으스스해지지요."

"저도 그런 기분이 들었습니다. 으스스해요."

"분명 강아지일 거예요."

강아지라는 말에 별안간 소름이 끼쳤다.

아저씨는 잠자코 내 얼굴을 보았다. 가게 밖이 갑자기 잠잠해졌다. 여전히 아무런 소리도 나지 않았으나 주변이 푹 꺼지는 듯한 기분이 들었다.

잠자코 있으니 바람이 소리 없이 스치며 빠져나갔다.

또다시 멀리서 개 짖는 소리가 들렸다.

"보세요."

아저씨의 말처럼 조금 전과 전혀 다른 방향에서 들렸다.

"같은 개일까?"

그때 뒤에서 여자 목소리가 나서 뒤돌아보니, 식당 여주인 스타일의 한 여자가 잔뜩 풀이 죽은 채 가게 문을 벌컥 열고 들어왔다.

"아아, 다행이다. 가게 문 닫았으면 어쩌나 걱정했어요."

"어서 오세요"라고 아저씨는 심드렁한 목소리로 인사하며 자리에서 일어났다. 그러고는 "항상 찾으시는 것으로 드리면 되죠?"라면서 여자가 건네는 사이다병과 돈을 받았다.

아저씨가 소주 항아리 앞으로 가서 주둥이에 병을 대고 술을 채우는 동안, 봉당에 우두커니 선 여자가 힐끗힐끗 나를 곁눈질했다. 젊은 나이인 듯했으나 안색이 나쁘고 얼굴이 쭈글쭈글했다.

술이 채워진 병이 등불 아래서 파랗게 빛났다.

여전히 개가 짖고 있었다.

여자는 병을 받아들고는 조용히 돌아갔다.

"이런 오밤중에 소주를 사러오다니, 남편이 술꾼인가?"

"아니에요. 남편은 얼마 전에 죽었어요."

"그럼 저 아주머니가 마시는 건가요?"

"그럴 리가요."

"시아버지라도 계신 걸까요?"

"아니요. 저 아주머니는 혼자 살고 있습니다."

"희한하군요."

"희한하죠. 입에 담기도 좀 망측하지만, 집에 남자가 드나드는 것 같지도 않더군요."

옛날 우리 집 옆에 센베이 가게가 있었는데, 조청도 팔았다. 어느 날 모두가 잠든 늦은 시각에 누군가가 가게 앞문을 똑똑 두드렸다. 물건을 사러 왔는지 어떤지는 모르나, 이윽고 재차 문이 닫히는 소리가 나서 그러려니 했다. 그런데 이후에도 며칠 밤을 계속해서 얼추 비슷한 시각에 같은 소리가 들려와 신경이 쓰였다. 나뿐 아니라 식구들도 이상하게 여긴 모양이었는데 물어보기도 거북해서 잠자코 있었다.

센베이 가게 맞은편의 공터를 끼고 돌면 길게 뻗은 어두운 골목이 나왔고, 그 앞에는 논이 있었다. 논의 건너편은 경단처럼 생긴 작은 봉분으로, 별사탕 같은 오톨도톨한 묘석이 서 있었다. 그런데 거기서 누군가가 옆집으로 조청을 사러 오는 것이 아닌가.

무덤 옆을 지나가자 어디선가 갓난아기 우는 소리가 나서 귀를 기울였더니 땅속에서 들렸다. 사람을 불러서 무덤을 파 보니 관에서 갓난아기가 나왔다. 배 속에 아이를 가진 채 죽은 여자를 매장하고 난 뒤에 아이가 태어났을 것이라고 했다. 죽은 엄마의 몸에서 젖이 나올 리 없건만, 갓난아기는 어떻게 살아 있던 걸까? 그래서 죽은 아기의 엄마가 밤마다 조청을 사러 온 걸까?

"손님, 무슨 생각을 하십니까?"

"거참 이상하군. 아까 왔던 아주머니는 살아서 죽은 사람에게 소주를 올리네요."

"무슨 말씀이세요, 손님?"

가게 주인이 또다시 내 얼굴을 응시했다. 멀리 맨 처음 들렸던 방향에서 개 짖는 소리가 들렸다. 주인 또한 그 소리를 들은 듯했지만 여전히 내 얼굴을 물끄러미 보며 말했다.

"한잔 더 하시죠."

"저는 됐습니다."

나는 손사래를 치며 거절했다. 하찮은 생각이 끊임없이 머릿속을 스쳤다. 소주는 더 이상 맛이 없었다.

자리에서 일어나 소주 항아리가 있는 곳으로 간 가게 주인이 뭔가를 바스락거리더니 자리로 돌아오지 않았다. 문득 가게에 너무 오래 머물고 있는 것 같아 이만 돌아가야겠다고 생각했다.

그때 가게 주인이 아까보다도 더 창백한 얼굴로 돌아왔다.

"손님은 어디서 오셨나요?"

"어디라뇨? 저기서 왔다니까요."

"사실대로 말씀하세요."

나는 점점 무서워서 도저히 가만히 있을 수가 없었다.

"실은 집사람이 죽었거든요." 가게 주인이 말했다.

"예? 아, 그러세요?"

"그래서 이렇게 혼자 지내고 있습니다."

"언제 돌아가셨나요?"

"얼마 전에 갑작스럽게 죽는 바람에 집사람이 남기고 간 것들이 집 안에 천지예요."

"뭘 남기셨나요?"

"말로 할 수 있는 것이 아닙니다. 아까도 거실에 들어갔더니 집사람이 앉아 있더군요."

가게 주인은 이렇게 말한 뒤 새로 가져온 소주가 담긴 컵을 덥석 물었다.

"그러려니 하며 꾹 참고 넘겼습니다. 그런데 갑자기 집사람이 무릎을 꿇고 일어서려고 하기에 더 이상 못 견디고."

"그래서요?"

"구르다시피 봉당으로 내려와서 가게로 왔습니다. 그런데 바로 그때 앞길 건너편에서 인기척이 나서 의아했는데 손님이 쓱 들어오시더군요."

"그래서 거실에 계신다던 부인은 어떻게 되었나요?"

"말씀드린 게 전부입니다."

"괜찮으시겠어요?"

"혹시 지박령일까요? 집사람이 보이는 것을 제 불안한 마음 탓으로 돌리려고 했으나, 눈이 마주친 순간 자리에서 일어나려고 해서 도저히 가만히 있을 수가 없었습니다."

"자, 전 이만 가야겠어요."

"어디로요?"

"어디긴요. 집이죠. 얼마입니까?"

"손님, 정말로 어디로 가시는 건가요?"

"집으로 간다니까요."

"말씀하시는 댁이 어디인가요?"

가게 주인이 바싹 다가와서 당황한 나머지 꽁무니를 빼려고 엉거주춤하게 얼굴을 앞으로 내밀었다.

"사실대로 말씀드리면 손님은 이 앞길에서 오셨지요. 그런데 이 길 앞쪽에는 집이 없습니다."

"자, 이제 가보겠습니다."

"묘지에서 오셨잖아요."

등골이 싸늘했다.

"그렇습니다."

"저런, 역시 그러셨군요."

"그래요."

"돈은 필요 없으니 얼른 가세요."

주인장은 몸을 앞으로 내밀더니 지갑을 꺼내려던 내 손을 탁 하고 쳤다.

"어쩌려고?"

"필요 없대도."

긴장한 나머지 얼굴이 바짝 오므라들어 반만 해졌다.

그럼 이만 묘지로 돌아갈까나.

불빛 아래의 그늘진 마룻귀틀 뒤 미닫이문이 쓱 열렸다.

무슨 소리가 난 것 같은데 잘 모르겠다. 가게 주인이 고개

를 돌려 다시 한 번 내 얼굴을 보더니 허둥지둥 밖으로 뛰어
나갔다.

숨이 차서 괴로웠다. 정신을 차리자고 보니 올 때 건너온
네거리를 지나 그 앞의 묘지 길을 걷고 있었다.

그림자

울화통이 터지지만 역시 고노에게 애걸복걸하는 수밖엔 달리 방법이 없다. 어쩌면 고노가 이제는 내 부탁을 거절할지도 모르겠다. 그렇다고 순순히 물러날 처지가 아니었다. 이번 해직 처분에는 고노도 일조했다고 생각한다.

해 질 녘부터 거세진 바람이 어두운 골목을 지날 때, 이따금 나는 모래 냄새 때문에 숨이 콱콱 막혔다. 고노의 집 현관에 서서 안내를 부탁했다. 봉당 천장에서 빛나는 10촉짜리 백열전구 덕에 칸막이한 미닫이문이 엄청나게 넓어 보였다. 덧문과 담에서 들리는 시끄러운 바람 소리에 함석 홈통이 뭔가를 두드리는 듯한 소리가 섞여 들렸다. 그래서 내 목소리는 좀처럼 집 안으로 전달되지 않았다. 이마부터 목덜미까지 땀이 흘러 불쾌했다.

이윽고 어딘가에서 맹장지 열리는 소리가 나더니 아이가

귀엽게 콩콩 뛰는 발소리가 들렸다. 현관의 미닫이문이 덜커 덩하며 빼꼼히 열렸고 머리카락을 길게 기른 세 살가량의 사내아이가 그 사이로 얼굴을 내밀었다.

그런데 난데없이 아이의 비명이 들렸다. 작은 짐승이 울부짖는 듯한 소리였다. 내가 놀랄 새도 없이 그 아이는 벌써 안으로 뛰어 들어가서 보이지 않았다. 빼꼼히 열린 미닫이문 틈으로 보이는 안쪽은 깜깜하다. 아이가 그런 어두운 방에 뛰어들어간 것이 이상해서 견딜 수가 없었다. 잠시 후 하녀가 얼굴을 내밀고는 주인이 안 계신다고 했다.

"출타 중이신가요?"

"네. 외출하셨습니다."

"돌아오시려면 멀었습니까?"

"네."

집에 있으면서도 없는 척하는 것은 아닌지 영 미심쩍었다.

나는 뜸을 들이다가 "그러시군요"라고 말하고는 그대로 현관 밖으로 나왔다. 쪽문을 닫을 때 큰 소리가 나서 화들짝 놀랐다.

고노의 집 옆에 늘어선 솟을대문 집 네댓 채를 지나면 모퉁이가 나온다. 그 모퉁이를 끼고 돌면 똑같이 솟을대문 집 네댓 채와 모퉁이, 긴 담이 이어지고 그 끝에 큰 돌문이 모퉁이를 향해 서 있다. 그리고 그 문을 끼고 돌면 중간쯤까지 담이 이어지다가 공터가 나온다. 그 공터의 모퉁이에 있는 커다란 은행나무를 돌면 다시 고노의 집이 나온다.

정처 없이 걷다가 무심결에 그 네모난 땅을 따라서 어스레한 좁은 골목을 한 바퀴 돌았다. 그러다 또다시 고노의 집 앞에 다다랐고 나는 갑자기 정체를 알 수 없는 전율을 느꼈다. 뒤이어 거센 바람이 불어닥치더니 작은 모래 알갱이가 내 목을 때렸다.

고노의 아들을 안고 제방 위를 달리는데 제방의 폭이 갈수록 한없이 넓어졌다. 마치 커다란 벌레의 배처럼 반대쪽이 넓어지면서 좌우로 조금씩 움직였다. 그 광경을 보고 있자니 숨이 막혔다. 고노의 아이를 안은 채 이리저리 몸부림치다가 꿈에서 깨어났다. 가쁜 숨소리가 잠에서 깬 뒤에도 들리는 듯했다. 벌써 새벽이 가까운 모양이었다. 방의 맞은편 구석에서 아이를 안고 잠든 아내의 얼굴이 이상하리만치 우울해 보였다.

하루 건너뛴 그다음 날은 아침부터 저녁인 양 어둑어둑했다. 낮게 드리워진 하늘이 온종일 지붕 위를 짓누르고 있었다. 그날 오후에 작정하고 오토카와의 집을 찾아갔다. 하늘이 먹장구름으로 뒤덮인 듯 우중충한 거리를 걷고 있자니 공연히 마음이 설렜다.

일전에 오토카와를 찾아가서 돈을 부탁해두었다. 달리 생각나는 곳도 없고 해결할 길이 막막해서 절박한 마음에 못 본지 5, 6년이나 된 오토카와의 집에 찾아갔던 것이다.

그때 오토카와는 당장은 어려우나 형편이 닿는 대로 융통해주겠다, 하지만 너무 기대하지는 말라고 했다. 달리 기댈 구석이 없는 나로서는 한시가 급했으므로 정 안 되면 그 돈의 반만이라도 빌리고 싶었다. 근처의 외판원御用聞(단골집의 주문을 받으러 돌아다니는 사람)에게 진 외상도 밀린 상태라 당장 얼마라도 구하지 못하면 생활고에 시달릴 것이다.

"번번이 이렇게 오게 해서 미안하지만 아무래도 힘들겠어." 오토카와가 말했다.

"어떻게 안 될까? 정말 급하거든."

"사정은 딱하나 요즘 쪼들리지 않는 집이 어디 있겠나?"

"아니, 그건 내가 얼마나 돈에 쪼들리는지 몰라서 하는 말일세." 나는 초조해서 말했다. "그냥 군색한 정도가 아니야."

오토카와는 가만히 내 얼굴을 보았다. 무슨 말인가 하려다 마는 눈치다.

유리문 맞은편의 담 위를 뒤덮은 구름에 묘한 반점이 생겼다.

잠시 후 오토카와가 "때마침"이라며 운을 뗐다.

"고노의 집에 딱한 일이 있었었네."

"무슨 일?"

"어제 아기가 죽었대. 그 소식 못 들었나?"

나는 당황한 눈으로 오토카와를 보며 놀라서 고개를 돌렸다. 어젯밤 꿈, 그저께 들었던 울음소리가 언뜻 생각났으나 황급히 머릿속에서 지웠다. 왜 그렇게 당황스러운지 알 수가 없었다.

오토카와는 내 얼굴을 보면서 말했다.

"몰랐어? 자네 집에는 알리지 않은 건가? 여하튼 그 전날 밤 자네가 갔을 때 아기가 갑자기 뛰어나갔다고 했지?" 참으로 별말을 다 기억한다.

"그 뒤로 갑자기 열이 나고 이질 같은 증상을 보였대. 부인이 노심초사하셨던 모양이야."

"무슨 일로?"

"고노가 자네의 원한을 사서 그런 일이 생겼다더군. 아기가 자네의 얼굴을 보고 질겁했대."

"섣불리 남의 집에 찾아갔다가는 정말 큰일 나겠군."

웃으면서 말하긴 했으나 상대방의 눈치를 살피지 않을 수 없었다.

자신이 일하는 잡지사의 교정을 도와달라고 한 헤이타의

말이 생각나서 그 일을 소개해달라고 부탁하러 세 번이나 찾아갔다. 그는 항상 집에 없었다. 그의 아내에게 급한 일로 꼭 만나야 한다는 말을 전해달라고 했지만 감감무소식이었다.

마지막으로 같은 내용의 엽서를 속달 우편으로 부쳤더니 2, 3일쯤 지나서 답장을 쓴 엽서와 오토카와의 편지가 동시에 도착했다.

헤이타가 연필로 쓴 엽서를 보자 꺼씸한 마음을 주체할 수 없었다.

"번번이 길이 엇갈려서 미안하네. 최근에 유난히 바빠서 그러니 양해해주게. 모레 금요일 저녁이면 잠시 짬을 낼 수 있으니, 5시부터 5시 반 사이에 종점의 서쪽에 있는 다쓰미巽喫 다방에서 만나세. 5시 반까지 오지 않으면 다른 볼일 때문에 난 가봐야 하네."

오토카와는 편지에서 자신이 엽서를 대필했다고 사과하며 며칠째 급성 폐렴 때문에 근처의 병원에 입원했다. 열은 간신히 내렸으나 아직 아무도 만날 수가 없다. 일전에 말한 그 건은 그러한 사정으로 일단 거절한다고 했다.

그 편지를 읽고 나니 남에게 말할 수 없는 두려움이 엄습했고, 간간이 역겨워서 속이 메슥메슥했다.

종점에서 내릴 때 전차의 발판 밑에 있는 땅이 갑자기 아득해져서 발이 덜덜 떨렸다. 죽은 뱀장어의 배처럼 은백색을 띤 흐린 저녁 하늘 아래로 커다란 새 두 마리가 날개를 퍼덕이며 나란히 날아갔다.

건너편 모퉁이에서 개가 짖었다. 그러고 보니 아까부터 짖고 있었던 것 같기도 하다. 그러나 지금도 그 개가 어디를 향해 짖는지는 잘 모르겠다. 다만 아가리를 크게 벌린 채 고개를 좌우로 흔들며 으스스한 목소리로 울부짖고 있었다.

나는 잠시 그 개를 보았다. 개는 무시무시한 얼굴로 점점 꼬리를 내렸다. 불현듯 불안감이 엄습하더니 가슴이 철렁해서 황급히 시선을 돌렸다. 갑자기 그 개가 다가오려는 낌새를 보였다.

문을 열고 안으로 들어간 순간, 이제까지 왁자지껄 떠들고 있던 손님들의 목소리가 일순간 조용해졌다. 헤이타의 모습은 어디에도 보이지 않았다. 안내를 받으며 안쪽의 빈 탁자로 가는 동안 사람들이 약속이나 한 듯 내 뒤를 응시하는 게 느껴졌다. 건너편을 향해 앉아 있던 여자 종업원이 뒤를 돌아보았다. 하얀 얼굴이 여느 얼굴보다 두 배는 커 보였다.

"오늘은 어쩐지 푹푹 찌네요"라고 내 앞에 선 여자가 탁자에 양손을 짚고 말했다. 손도 도톰하고 얼굴 생김새도 밋밋한 여자다.

"어디 꽃놀이 가세요?"

"아니. 안 가."

"아유, 시시해라. 술 시키실 건가요?"

"아니, 잠깐 기다려. 친구가 곧 올 거야."

그렇게 말하고 변명하듯이 벽시계를 쳐다보았다. 혼자 술 마실 돈조차 없는 빈털터리였다.

주변이 점점 시끌시끌해졌다. 밖에서 비치는 저녁 햇살과 천장에 달린 전등 빛이 사람들의 얼굴과 마룻바닥에 흐리터분하게 그림자를 흩뜨리고 있었다.

헤이타는 안으로 들어오자마자 대뜸,

"야아, 미안, 미안. 한참 기다렸어?"라고 하면서 여자 종업원에게 술을 주문했다.

"자네도 마실 거지?"

"마셔도 되는데, 자네는 바쁜 일이 남았다며."

"바쁘기야 바쁘지. 그래도 무서우니까 우선 술로 액운부터 쫓아내고."

"왜?"

"왜라니? 고노의 아이는 죽고, 오토카와는 위독하다잖아."

나는 귀가 번쩍 뜨였다. "그저께 편지를 받았는데 이제 괜찮대."

"잠깐은 괜찮았겠지. 2, 3일 전에 병문안 갔을 때만 해도 평소처럼 건강했으니까. 그런데 어젯밤부터 다시 급격히 악화한 모양이야."

"오토카와를 만났어? 면회 사절 아니었어?"

"그럴 리가 있나. 자네에게는 면회 사절이라고 했어?"

묘하게 주눅이 들어서 헤이타의 눈을 쳐다볼 수 없었다. 헤이타는 내 얼굴을 지긋이 바라보다가 술을 마셨다.

잠시 후 나는 용건을 말했다.

"글쎄, 얘기는 해보겠지만 또다시 귀신 들릴까봐 싫어."

"그게 뭔 소리야?"

"아무래도 최근 자네에게 씐 놈 때문에 모두 이상한 일을 겪었다고 하니까 찜찜해서. 하긴, 그런 말을 하면 더욱 원한을 사려나."

"웃기지 마."

나는 술잔을 입으로 가져가면서 하찮은 일인 양 무심히 말하고는 서둘러 술을 삼켰다.

"아니, 정말이야. 여하튼 고노의 아이가 죽는 일까지 생기니 무서워 죽겠다며 겁에 질렸었대."

"그런 일이 있었어?"

나는 얼굴이 하얗게 질렸다.

"어쨌든 얘기는 해볼게. 에이, 아니다. 그만둘까. 지금 거절하면 화낼 거지?"

"농담 아니야. 정말로 힘들대도. 우리 집 식구의 생사가 걸린 문제여서 부탁하는 거야."

"그거, 그거, 그게 뭐더라'라고 헤이타가 우쭐해져서 말했다. "자네 집이 쪼들리는 것은 전부 자네 옆에 붙은 혼령 탓이라고 했대. 나도 그들처럼 자네 때문에 피해를 보는 건 절대로 원하지 않아."

"술 그만 마시고 진지하게 내 말 좀 들어줘. 나 진짜 심각하다고."

나는 불쾌한 기분을 억누를 수가 없었다.

"불운한 자네의 처지는 정말 동정해. 하지만 뭐랄까, 최근에 우리 주변의 지인들에게 불행한 일들이 자꾸 일어나는 것 같지 않아?"

"듣고 보니 정말 그렇네." 마지못해 말했다.

"자네 생각도 그렇지?"

한동안 잠자코 있다가 말했다.

"그만 얘기하자." 이상하게 기분이 산뜻했다. "바쁜 일이 남았댔지?"

헤이타는 마침 술을 더 가져온 여자 종업원이 우리 두 사람 사이에 앉으려는 것을 거절하면서 말했다.

"신경 쓰지 말고 술이나 더 마셔."

그리고 내 잔에 술을 따르면서 갑자기 안색이 돌변했다.

"어이, 아까 한 말은 농담이야."

"응, 상관없어."

"어이, 자네." 헤이타의 날카로운 목소리가 다시 한번 내 귓가에 울렸다.

옆의 머름*에 내 그림자가 비쳤다. 넋이 나간 채 정체불명의 그 고약한 형상을 바라보았다.

나는 황급히 고개를 가로저었다.

일그러진 그림자를 보자마자 깜짝 놀라서 헤이타의 안색을 살폈다.

"무슨 일이야?" 헤이타가 불안해하며 물었다.

헤이타의 얼굴이 눈에 띄게 핼쑥했다.

---

* 바람을 막거나 모양을 내기 위해 미닫이 문지방 아래나 벽 아래 중방에 대는 널 조각.

환영

오후부터 세차게 불어대던 바람이 밤 10시쯤 딱 멎었다. 멀리 어딘가에서 사람이 흐느끼는 듯한 소리로 개가 짖었다. 그 외에는 아무 소리도 들리지 않았다. 팔을 괴고 있는 책상도, 깔고 앉은 방석도, 다다미방도, 집도 모두 함께 커다란 구멍 속으로 조용히 그리고 조금씩 미끄러지는 것 같았다.

12시쯤 잠이 들었다. 그전까지는 아무것도 하지 않고 그저 멍하니 책상 앞에 앉아 있었다. 읽다 만 채로 책상 위에 펼쳐져 있던 책장들의 자간과 행간의 흰 부분이 이리저리 이어지더니 두둥실 떠올라 흰 도마뱀의 비늘처럼 보이기도 하고, 도로 푹 꺼지더니 '로ぅ'자가 해마처럼 생긴 벌레가 되어 종이 위를 제 맘대로 헤엄쳐 다녔다.

자리에 눕자마자 곧바로 잠이 들었다. 아무런 꿈도 꾸지 않았다. 밤이 더욱 깊어지고 어느덧 새벽이 가까워진 모양이

우치다 햣켄 기담집

다. 잠결에 문득 덜거덕덜거덕하는 소리를 들었다. 바람이 일어 덧문이 흔들리겠거니 했다. 눈을 들어 발치에 있는 툇마루를 봤더니 유리를 끼운 미닫이문에 희미한 사람 얼굴이 비쳤다. 몸을 일으켜 다시 보니 그 얼굴의 머리카락과 눈썹, 눈매가 차츰 또렷해졌다. 안경을 썼고, 옅게 수염을 길렀다. 순간 찬물을 뒤집어쓴 듯이 오싹했다. 그건 바로 내 얼굴이었다. 내 얼굴이 밖에서 나를 들여다보고 있었다. 무슨 일인지 몰라도 더럭 겁이 났다. 숨 막히는 두려움에 이불을 뒤집어쓰고 웅크리고 있다가 어느새 또 잠이 들었다.

그리고 날이 밝았다. 잠자리에 앉은 채 줄담배를 피우며 어젯밤 보았던 내 얼굴을 떠올렸다. 꿈인지 생시인지 분간하기가 어렵다. 다만 기분이 이상야릇해서 온종일 꺼림칙했다.

그로부터 대엿새가 지났다. 그날은 아침부터 비가 내렸다. 가을에서 겨울로 넘어가는 환절기인 탓에 날씨가 좋은 날에는 대낮에도 뼛속까지 시린 바람이 불었다. 그런데 별안간 날이 따뜻해지더니 비가 내리기 시작했다.

외투 소매가 젖은 채 평소와 같은 시간에 집으로 돌아오는 길이었다. 미지근한 바람이 얼굴을 스치고, 곧게 뻗은 길가에 늘어선 집들 위로 희멀건 하늘이 무겁게 내려앉아 있었다. 아침부터 오락가락 내린 빗물이 반짝이며 길 위를 흘렀다. 해가

지려면 아직 시간이 남았지만 군데군데 등불을 밝힌 가게가 있었다. 나는 길모퉁이의 산업용 전기기계를 취급하는 가게 앞에 서서 부드러운 빛의 등이 들어온 진열창을 바라보았다. 여러 가지 모양의 전구에 모두 불이 켜져 있었다. 붉은색, 파란색, 노르스름한 미색 등 여러 색의 등이 진열되어 있었다. 그 등들이 창의 뒤쪽과 좌우에 붙인 거울에 비쳐서 창 안쪽의 멀리까지 끝없이 이어졌다. 나는 우산을 어깨에 걸치고 밝은 창 안쪽을 멍하니 한없이 바라보았다.

얼마 후 무심코 뒤를 보았다. 때마침 내 뒤로 짐마차가 지나갔다. 얼굴이 빗물에 젖은 말이 지나가는 순간, 마차 위에 실린 묘한 짐이 눈에 들어왔다. 형태를 알 수 없는 포동포동한 것 위에 거적이 여러 장 덮여 있었다. 그 아래로 말의 다리가 보였다. 비에 젖은 다리는 일륜차의 앞뒤로 두 개씩 비어져 나와 있었다. 화들짝 놀란 나는 얼른 그 앞을 떠나서 잰걸음으로 집에 돌아왔다. 말이 죽은 말을 끌고 간다고 생각하니 왠지 섬뜩했다. 집으로 돌아오고 잠시 후 바람이 일었다. 저녁부터 비는 그쳤으나 또다시 추워졌다. 그러나 비가 그친 뒤에도 바람은 휘몰아쳤고 그러다 어느새 멈췄다. 정신을 차려보니 주위는 쥐 죽은 듯이 고요했다. 아무 소리도 들리지 않았다. 왜 이토록 조용한지 알 수 없었다. 근처 집들의 문이 닫혀 있었다. 아이 울음소리도, 개 짖는 소리도 들리지 않았다. 시계를 보니 정각 10시였다. 식구들은 벌써 잠자리에 들었으므로 홀로 이불을 깔고 잤다. 그리고 그날 밤 또 내 얼굴을 보았다.

밤새도록 잠을 이루지 못하다가 잠들기가 무섭게 꿈을 꾸었다. 간간이 꾸는 정체 모를 꿈속에서 나는 별안간 어두운 복도의 입구에 서 있었다. 그리고 내 옆에는 키가 작고 지저분한 노파가 웅크리고 있었다. 생전 처음 보는 노파였다. 복도 안쪽으로 들어가 오른쪽 모퉁이를 돌자 메밀국수집의 배달원이 나타나서 그를 피해 지나갔다. 계속 걸어가던 나는 어느 좁은 방으로 들어갔다. 세로로 긴 그 방은 북향이었다. 툇마루 끝에서 손을 씻었다. 더운물인가 했더니 그냥 물이었고, 비누는 물에 젖어 미끌미끌했으며 수건도 더러웠다. 무척 어두운 방이었는데 처마에 포렴 같은 것이 걸려 있었다. 파초의 잎이었다. 넓은 마당에는 나무가 무성했다. 오른편의 한 군데만 허옇게 나무가 없고, 거기에 또 파초 잎이 옷 모양으로 매달려 있었다. 마치 사람이 목을 맨 것 같은 흉물스러운 모습이었다. 파초의 잎 가장자리에 참새가 네댓 마리 앉아 있었다. 자고 있는지 꼼짝도 하지 않았다. 그때 참새보다도 큰, 메뚜기와 비슷하게 생긴 약 15센티미터 크기의 파란 벌레가 날아와서 참새 위에 앉았다. 그 징그러운 벌레가 참새에게 잡아먹히겠구나 싶었다. 때마침 참새가 주둥이를 빠끔 벌리고는 그 파란 벌레의 몸통을 덥석 물었다. 몸통이 퉁퉁 부풀어 오른 징그러운 벌레는 도망도 치지 않고 몸부림을 쳤다. 나는 괴로워 견딜 수 없었다. 벌레가 꿈틀꿈틀 몸부림칠 때마다 내 몸도 저절로 고통에 몸부림치며 뒹굴었다. 소리치며 신음했지만 잠에서 깨어나지는 못했다. 벌레는 하염없이 이리저리 꿈틀거렸다. 참새는 부리로 벌레의 몸통을 덥석 문 채 놓지 않았다.

어느덧 벌레의 주위가 흐릿해지며 몽롱한 상태로 꿈에서 깼다. 휴우, 하고 안도의 한숨을 내쉬었다. 베개 위에 놓인 머리를 살짝 움직여 무심히 건너편을 봤더니, 툇마루에 있는 미닫이문의 유리에 새파랗게 질린 내 얼굴이 비쳤다. 놀라서 고개를 돌리려고 했으나 몸이 움직이지 않았다. 결국 어쩔 수 없이 새파랗게 질린 내 얼굴을 뚫어지게 쳐다봐야만 했다. 미닫이문에서 나를 엿보던 내 얼굴이 조금씩 움직이는 듯했다. 무서운 내 얼굴을 빤히 쳐다보며 행여 그 얼굴이 미닫이문 안쪽으로 들어올까, 이부자리 쪽으로 다가오면 어쩌나 하는 생각에 덜컥 겁이 나서 숨이 막혔다.

어느덧 날이 샜고, 밖을 내다봤더니 어젯밤 잠시 멎었던 비가 또다시 추적추적 내리고 있었다. 잠에서 깨자마자 어젯밤에 본 무서운 얼굴이 생각났다. 그리고 그 얼굴이 비친 미닫이문의 유리를 보자 묘하게 섬뜩했다. 유리 미닫이문 너머로 이웃집의 지붕이 보였다. 지붕 위로 기름 같은 비가 주르르 흘러내려 기왓장이 하나하나 하얗게 빛났다. 하염없이 그 기와를 바라보다가 어젯밤 꿈에 본 파란 벌레가 어제 낮에 본 죽은 말의 환영이라는 생각이 얼핏 뇌리를 스쳤다. 돌이켜봐도 그 추측이 맞는 것 같았다. 기분이 묘해서 계속 멍하니 있었다. 그리고 잠시 후 나는 문득 깨달았다. 어젯밤에 본 내 얼굴은 낮에 산업용 전기기계를 취급하는 가게의 진열창에 비친 내 얼굴이 틀림없었다. 그때는 눈치채지 못했던 내 얼굴이 밤에 나를 보러 온 것이라는 생각이 들자 무서웠다.

나는 그 끔찍한 장면을 떠올리기가 싫어서 당분간은 되도록 거울을 멀리하기로 했다.

평소처럼 그날 오후도 해가 저물기에는 조금 이른 시각에 돌아왔다. 역시나 비가 내렸고, 산업용 전기기계를 취급하는 가게 앞을 지나갔다. 어제 보았던 등이 또 켜져 있었다. 그 모퉁이를 돌아서 비탈길을 올라갔다. 질척거리는 비탈길 위에 말 발자국이 여러 개 흩어져 있었다. 움푹 팬 발자국마다 물이 고여 있었고, 그 물 표면은 하나같이 희끄무레하게 빛났다. 발자국 위를 지나가자 고인 물의 수면 위로 내 모습이 검게 비쳤다. 나는 무서운 내 얼굴을 밟는 기분으로 긴 비탈길을 올라왔다.

밤에 술을 마셨다. 오늘 밤은 취해서 자려고 그 풍미를 즐기며 마셨다. 취기가 돌수록 신이 나서 마음속으로 혼자 지껄여댔다. 술이 채워진 잔을 앞에 두고 담배를 피웠다. 밥상 바로 위에 매달린 전깃불이 밝게 빛났다. 담배 한 대를 피운 뒤 다시 잔을 들려다가 문득 쳐다보니, 술잔에 거꾸로 비친 머리 위의 전깃불이 아름다웠다.

그러다가 흠칫 놀라서 불현듯이 생각을 바꿨다. 그 공포의 대상이 무엇인지는 알 수 없었다. 생각해보면 전혀 놀랄 일도 아니다. 단지 천장의 전깃불이 술잔의 술 위로 또 하나 비쳐 보일 뿐이건만. 내 눈에는 예사롭지가 않았다.

그리고 그날 밤 새벽이 가까운 무렵에 또다시 내 얼굴이 미닫이문의 유리에 비쳤다. 몹시도 창백한 얼굴에는 수염이 자라 있었다. 지그시 나를 응시하는 그 얼굴은 언제까지고 사라지지 않았다. 나는 무서운 내 얼굴을 다시 보면서, 만일 이 얼굴이 나에게 무슨 말이라도 하면 어쩌나 싶었다. 물끄러미 바라보니 얼굴이 조금씩 움직이는 것 같았다. 유심히 그 얼굴을 들여다보던 나는 문득 오른쪽 눈썹 위에 손가락으로 쿡 찍은 크기만 한 피멍이 있는 것을 알아챘다. 형태까지 아주 똑똑히 보였다.

그 얼굴이 홀연히 사라질 때까지 나는 옴짝달싹할 수가 없었다.

날이 밝았다. 비는 멎어 있었다. 햇살을 받은 젖은 지붕과 떡갈나무의 새싹이 찬란하게 빛났다.

하지만 나는 이부자리에서 나올 기운조차 없었다. 밤마다 그런 흉측한 것을 보고 있자니 미칠 지경이었다. 앞으로도 이 일이 계속 반복된다면 과연 내가 멀쩡할지 장담할 수 없었다. 잠시 어딘가로 여행이나 다녀올까? 풍경 좋은 여러 산과 해안의 여관을 마음속으로 그려보았다. 계절을 생각하면 해안 쪽이 좋을 듯했다. 나는 여관의 2층 난간에 기대어 눈앞에 펼쳐진 소춘小春(음력 10월)의 바다를 내다보는 모습을 상상했다. 바다 저편에 솟은 곶의 그늘로 석양이 숨어드는 밤이면 파도 소리를 들으며 잠을 청한다. 지금쯤이면 벌써 물떼새가 울지도 모른다. 그렇게 상상의 나래를 펼치던 와중에 만일 그 여관의 2층에서 자다가 문득 잠에서 깨어 또다시 그 흉측한 얼굴과 맞닥뜨리는 장면이 떠오르자 별안간 몸서리가 났다. 그 흉측한 얼굴이 수십 리나 떨어진 곳까지 따라오면 어쩌지? 모르는 집의 툇마루를 제집처럼 드나들며 미닫이문의 유리로 날 들여다보면? 집에서 마주했을 때보다 얼마나 더 무서울지 가늠이 안 되어 이내 여행을 단념했다.

겨우 일어나서 책상 앞에 앉아 멍하니 담배를 피우는 동안에도 어젯밤에 본 얼굴이 자꾸만 눈앞에 어른거렸다. 정신을 차리려고 아래턱을 어루만졌다. 어느새 뻣뻣한 수염이 자라서 손가락 끝에 잡혔다. 어젯밤에 본 얼굴과 비교하니 이상한 기분이 들었다. 여러 번 망설이다가 결국 책상 서랍에서 작은 손거울을 꺼내 얼굴을 비춰보았다. 순간 당황한 나는 거울을 다시 서랍 속에 엎어놓았다. 내 얼굴에는 어젯밤 그 얼굴에서 봤던 것과 똑같은 형태의 피멍이 들어 있었다. 나도 모르는 사이에 오른쪽 눈썹 위에 손가락으로 찍은 듯한 모양의 반점이 생긴 것이다.

그로부터 2, 3일이 지났다. 잠자리에 들 때마다 행여 오늘 밤도 새파랗게 질린 내 얼굴을 마주해야 하는 건 아닐까 두려웠으나, 그 흉측한 얼굴은 그 후로 날 보러 오지 않았다. 길게 자란 수염과 머리가 거추장스러워서 이발소에 가고 싶어도 벽 전체에 걸린 거울이 왠지 께름칙하여 차일피일 미루던 참이었다. 온천장은 원래부터 귀찮아서 잘 가지는 않았으나, 너무 오래 안 가서인지 온몸이 꼬질꼬질했다. 하찮은 일에 얽매여서 스스로 무서운 환상을 만들고 있는 건 아닌가 하는 생각도 들었다. 하지만 아침저녁으로 가끔 큰 전차를 타고 오갈 때, 창과 창 사이에 가늘게 끼워 넣은 거울 앞에 나도 모르게 앉기라도 하면 당황해서 얼른 다른 사람과 자리를 바꿨다.

어느 날 해 질 녘에 친구와 동네를 산책했다. 길가에 줄지어 늘어선 버드나무 잎이 끊임없이 흩날렸다. 바람을 타고 팔랑팔랑 돌면서 떨어지는 길쭉한 잎을 지팡이 끝으로 받거나, 다시금 허공에 차올리기도 하면서 걸었다. 왠지 모르게 마음이 홀가분했다. 근처에 레스토랑이 새로 생겼다. 아직 한 번도 가본 적이 없어서 오늘 밤은 친구와 거기서 식사를 하기로 했다. 레스토랑으로 통하는 지하실 계단을 친구와 함께 두세 걸음 내려가자 벌써 얼굴과 손에 온기가 느껴졌다. 우리는 웨이터의 안내에 따라 식당 안으로 들어갔다. 내가 한 걸음 먼저 들어서자 밝은 전등이 아름다운 공간을 비추고 있었다. 흰 벽돌을 빈틈없이 이어 붙인 벽에는 정확히 사람의 앉은키 높이로 너비 30센티미터 정도의 거울이 긴 띠 모양으로 끼워져 있었다. 나는 냉큼 뒷걸음질 쳐서 되돌아 나왔다. 놀란 친구를 억지로 잡아끌고 밖으로 나온 뒤에야 안심했다. 하지만 곧바로 내가 한 짓을 후회했다. 아니, 그보다도 그렇게 된 마음이 무서웠다. 친구에게는 밤중에 나타나는 무서운 얼굴에 관한 이야기는 입도 뻥긋하지 않았다. 단지 그 레스토랑이 갑자기 싫어졌기 때문이라며 사과하고 이런저런 핑계를 대며 얼버무렸다.

그날도 역시 오후부터 바람이 불다가 저녁때 잠자리에 들기 전 뚝 그쳤다. 일전에 집에서 겪었던 일이 떠올라 언짢은 기분으로 잠을 청했다.

밤새도록 꿈을 꿨다. 여러 개의 꿈이 앞뒤로 이어지면서 끊임없이 계속되었다. 그러다 그 긴 꿈이 딱 끊기고 문득 잠에서 깬 나는 난데없이 또 미닫이문의 유리에 비친 파랗게 질린 내 얼굴을 보고 말았다.

그런데 그 얼굴 생김새가 평소와 조금 달랐다. 어쩐지 불안해 보였다. 다시 찬찬히 살펴보는 동안 얼굴 방향이 조금 바뀌었다. 덜컥 겁이 나서 숨이 멎을 것만 같았다. 그와 동시에 유리에 비친 얼굴이 휙 사라졌다. 찰나였지만 도리어 걱정되었다. 그 얼굴이 끊임없이 나를 엿보고 있을 때보다도 사라진 지금이 더 무서웠다. 나는 미닫이문의 유리에서 오랫동안 눈을 뗄 수가 없었다.

그다음 날 밤, 동이 트기 전에도 또다시 내 얼굴을 보았다. 어젯밤 홀연히 사라지기 전의 그 얼굴 역시 어쩐지 불안해 보였다. 또 움직일까 싶어서 미닫이문 유리에 비친 내 얼굴을 뚫어져라 바라보았다. 그러자 갑자기 그 얼굴이 아래를 보았다. 가슴이 철렁한 순간, 얼굴은 그새 또 사라져버렸다. 혹시라도 미닫이문의 유리 밑 그늘진 곳에 웅크리고 있는 건 아닌가 해서 잔뜩 겁을 먹었다. 한편으로는 미닫이문을 열어보고 싶기도 했다. 그러나 도저히 엄두가 나지 않아 그저 조심스레

우치다 햣켄 기담집

다시 내 얼굴이 사라진 유리 미닫이문 너머를 빤히 들여다보았다.

그 이튿날은 아침부터 강바람*이 휘몰아쳤다. 오후가 지나서는 기세가 한풀 꺾이긴 했으나 해가 진 후에도 사납게 불어댔다. 전등이 깜박깜박했다. 집 주위에 부는 바람 소리를 들으면서, 이틀 밤 내내 나를 엿보던 내 얼굴을 생각했다. 혹시나 결국 방 안으로까지 들어오는 것은 아닐까 생각하니 무서워서 안절부절못했다. 역시 지금 당장 여행을 떠나야 하나 싶었으나, 행여 그 무서운 얼굴이 낯선 지방의 여행지까지 따라오기라도 할까 염려되어 갈 마음이 싹 가셨다.

자기 전 책상 앞에 앉아 있는데 또다시 바람 소리가 뚝 그쳤다. 온몸에 찬물을 뒤집어쓴 듯 정신이 번쩍 났다.

그 밤중에 새파랗게 질린 내 얼굴이 언뜻 미닫이문의 유리에 비쳤다가 곧바로 사라졌다. 깜짝 놀라서 몸을 일으키려고 했으나, 손발이 돌처럼 뻣뻣하게 굳어서 꼼짝도 할 수 없었다. 필시 무서운 내 얼굴이 방에 들어왔으니 지금 당장 무슨 수든 써야만 했다. 하지만 책상 위에서 얼굴을 반대로 돌릴 수조차 없었으므로, 그저 시선을 고정한 채 미닫이문 쪽을 뚫어져라 보았다. 그때 미닫이문이 무엇에 걸린 듯이 살짝 열

---

* 겨울에 비나 눈을 동반하지 않고 강하게 부는 건조한 북풍.

렸다가 그대로 멈췄다. 잠시 후 또 살짝 열렸다. 열린 쪽 미 닫이문의 그늘에서 내 창백한 얼굴이 또렷이 나타나더니 슬 금슬금 이부자리의 발치로 올라왔다. 그리고 차츰 내 얼굴 쪽 으로 다가오는 듯했다. 소리를 지르려 했지만 목이 메고 혀가 움직이지 않았다. 창백한 그 얼굴이 내 배 위로 올라오더니 명치를 눌렀다. 그리고 급기야 반듯이 누워 있는 내 얼굴 위 로 다가와 내 눈을 똑바로 지그시 들여다보았다. 실핏줄까지 보일 정도로 가까이서 움직이지도 않았다. 나는 여전히 옴짝 달싹할 수 없었으나 어떻게든 도망치려고 몸부림쳤다. 위에 서 날 깔아뭉개며 들여다보는 내 얼굴이 지금 당장 무슨 말이 라도 하려는 듯이 입술을 달싹거렸다.

효림기梟林記*

지난해 가을 9월 12일 밤을 기억한다. 그날 기쿠시마가 와서 잠시 2층에서 이야기를 했다. 잠시 후 그를 배웅하기 위해 함께 밖으로 나가 조용한 골목을 어슬렁어슬렁 돌아다녔다. 병원 앞의 넓은 길로 나가자 바람이 불었다. 희미한 빛이 비치는 길가에 가지를 벌리고 서 있는 커다란 나무가 나타나면서 주변이 별안간 어두워지더니 비탈이 나타났다. 비탈 위로 약간 패어 보이는 하현달(음력 20~23일경에 뜨는 왼쪽으로 볼록한 반달)이 걸려 있었다.

집으로 돌아온 나는 다시 2층으로 올라갔다. 방으로 들어가려다가 문득 툇마루의 난간에 기대서 하늘을 보았다. 옆집

---

* 제목에 관한 정확한 해설이 없다. '효梟'자에 '죄인의 머리를 높은 곳에 매달다' '효수하다'는 뜻이 있으므로 효목梟木(=옥문대)을 이미지화한 제목이 아닌가 짐작된다.—옮긴이

지붕 위 북에서 남으로 낮게 흘러가는 길고 가느다란 회색 구름이 용마루를 넘어갔다. 아까 비탈 위에서 본 달이 그 안에 숨어 있었다. 뱀처럼 생긴 좁다란 구름 뒤에서 달은 끝까지 나오지 않았다.

11월 10일 초저녁에 아내가 2층으로 올라오더니,

"큰일 났어요. 지금 옆집에서 사람이 죽었어요"라고 했다. "아우, 무서워. 그 댁 부부랑 집안일 봐주며 공부하던 학생까지 죄다 죽은 채로 부엌 입구에 쓰러져 있어요."

그 말을 듣는 순간 실감이 나지 않았다.

"밖에서도 보인대요"라고 아내가 말했다.

주변은 여느 밤처럼 고요했다. 밤바람을 막기 위해 일찌감치 닫아둔 덧문 안쪽으로 가득히 비쳐드는 환한 전깃불이 무척 아름다웠다.

아내에게 무서운 이야기를 처음 들었던 그때부터, 9월 12일 밤에 보았던 길고 가느다란 구름이 괜스레 생각났다.

옆집은 우리가 세를 든 집의 주인이었다.

집주인과는 일면식도 없었으나 그 집 식구들과는 모두 구면이었다. 집주인은 후덕하면서도 근엄한 사람 같았다. 얼굴이 불그스름해서 우리 집 아이들이 "빨간 아저씨"라고 부르며 따랐다는 사실도 알지 못했다.

그 댁 부인은 나도 한두 번 만난 적이 있었다. 집에 놀러 오라며 날 부르러 왔었는데, 뒷문에서 두세 마디 인사말을 주고받았을 뿐 초대에 응하지는 않았다. 그리고 그날 11월 10일 밤, 옆집의 끔찍한 변고를 듣자마자 그때의 기억이 되살아났다.

양부모가 되었을 이 평화로운 노부부를 살해하고 그 자리에서 자살한 대학생에 관해서는 전혀 아는 바가 없었다. 지난해 봄, 우리 집에 내가 가르치던 학생들이 놀러 온 적이 있었는데, 아이가 그 학생들에게서 『파우스트』에 나오는 「쥐의 노래」를 배워 끊임없이 부르곤 했었다. 당시 옆집의 2층 툇마루에서 그 노래의 멜로디를 하모니카로 부는 사람이 있었다. 대학생이라면 그 사람인 듯싶었으나 내 짐작이 틀렸을 수도 있다. 이튿날 신문에 실린 사진을 봤지만 얼굴이 낯설었다.

11월 10일은 금요일로, 내가 매주 요코스카橫須賀의 학교에 가는 날이었다. 오후에 귀가한 나는 저녁 식사를 마친 뒤 2층 방에 들어가서 멍하니 앉아 있었다. 그날은 오전 3시간 중 1시간이 휴강이었으므로, 혼자 해안과 이어져 있는 넓은 교정으로 산책을 나갔었다. 하늘이 찌뿌듯하고 찬바람이 불었다. 간간이 가랑비가 내리기도 했으나 이내 그쳤다.

일대에 마른 풀이 쓰러져 있는 벌판 위로 나 외에는 다른 누구의 그림자도 없었다. 그때 난데없이 바다에서 인양한 보트의 뱃머리에 엄청나게 큰 새가 앉아 있어서 깜짝 놀랐다. 생김새는 솔개 같았으나 크기는 솔개의 몇 배나 되었다. 그 새는 무려 1.8미터는 족히 되어 보이는 긴 날개를 펼치더니 조용히 하늘 위로 날아올랐다. 그러고는 내 머리 위를 천천히 두세 바퀴 돈 다음 쌩하고 바다를 가로질러 미우라三浦 반도 쪽으로 날아갔다.

책상 앞에 멍하니 앉은 채 나는 그 커다란 새의 모습을 떠올렸다. 지나고 생각하니 아마도 독수리였던 것 같다.

새가 떠나간 뒤 나는 둔치 쪽으로 걸어갔다. 마른 풀을 밟고 지나가자 근처 풀 속에서 뭔가가 움직인다 싶더니 이내 수백 마리의 참새와 검은머리방울새 무리가 동시에 하늘로 날아올라 해병단海兵團이 후미(물가나 산길이 휘어서 굽어진 곳)를 가로막고 있는 해안으로 도망치듯 날아갔다.

이번에는 독수리를 피해 풀 속에 무리 지어 숨어 있었을 그 작은 새들을 멍하니 생각했다.

해안에는 1.3미터가량의 높이에, 사방이 2미터 정도인 높은 단이 있었다. 나는 그 위로 올라가 반듯이 누워서 하늘을 보았다. 비를 머금은 구름이 느리게 흘러갔다. 멀리서 어뢰정의 기적이 포효했다. 가끔 뒷산에서 돌을 폭파하는 소리에 섞여 해병단 군악대의 연주 소리가 들려왔다. 한참을 그 자리에

우치다 햣켄 기담집

꼼짝 않고 누워 있었다.

'그때 내가 울고 있었나?' 하고 내 방의 밝은 전등 아래에 앉아서 생각해보았다. 하지만 무엇 때문에 울었는지는 도무지 생각나질 않았다.

그냥 왠지 모르게 9월 12일의 그 밤, 아무리 기다려도 달이 옆집의 용마루에 걸린 길고 가느다란 구름 속에서 나오지 않았을 때와 비슷한 감정이 들었을 뿐이다.

약간 졸음이 와서 다시 책상 앞에 앉아 잠시 등걸잠을 자려고 했다. 팔짱을 끼고 눈을 감자 폐함정이 된 하시다테함 橋立艦*이 떠올랐다. 벌써 여러 달 전부터 교정과 맞닿아 있는 해안에 하염없이 떠 있는 하시다테함은 굴뚝이 있어도 연기가 나지 않았다. 갑판 위에서 사람을 본 적도 없었다. 그리고 언제나 같은 자리에, 한 곳을 바라보며 떠 있었다.

단 위에 누워 게슴츠레한 눈으로 하시다테함을 보았다. 대포를 떼어낸 후의 묘하게 밋밋한 그 모습이 점점 뿌예지는 듯싶더니, 조금씩 앞뒤로 움직이다가 이내 잠들어버렸다.

책상 앞에서 문득 잠에서 깬 뒤 담배를 피웠다. 앉은 채로 잠들었던 터라 굽어진 무릎을 펴고 다시 책상다리로 앉았다.

---

* 일본 해군의 마쓰시마급 방호 순양함.

얼마나 잤는지는 모르겠으나 아직 그렇게 밤이 이슥하지는 않은 듯했다. 아무 생각 없이 멍하니 앉아 있던 바로 그때, 아래층에서 집사람이 올라와 이웃집에서 일어난 무서운 변고를 전했다. 사지가 바르르 떨렸다. 저녁 9시가 채 안 된 시각이었다. 방금 전 안식구가 볼일을 보러 밖에 나갔다가 집으로 돌아오던 길에 옆집에서 벌어진 소동을 알게 된 것이다. 사건이 벌어진 시간을 나중에 추측해보니, 내가 요코스카에서 돌아와 저녁 식사를 한 전후에 일어난 듯했다. 저녁을 먹고 2층 방에 들어간 무렵, 이미 노부부는 칼에 목을 베인 상태로 방과 부엌에 쓰러져 죽었고, 가해자인 대학생 청년은 2층에서 목을 매어 죽은 모양이었다. 나도 내 식구들도 누구 하나 옆집에서 그런 일이 벌어진 줄 꿈에도 모른 채 저녁 식사를 했다. 나는 내 방에서 무의미한 공상을 즐겼고, 아이와 노인은 진작 잠자리에 들었다.

나는 우치야마와 함께 밖으로 나가보았다. 밖은 어둡고 추웠다. 스산한 분위기의 옆집 쪽문이 반쯤 열려 있었다. 그 앞으로 가보려던 찰나, 난데없이 반대쪽 문의 그늘에서 경찰관이 나타나서 말했다.

"거기 서 있으면 안 되니 가보게. 얼른 가보래도."

나는 깜짝 놀라서 물었다.

"옆집에 사는 사람입니다. 이 집에 사는 사람이 살해당했다는 이야기를 듣고 방금 나왔습니다. 대체 무슨 일을 당한 건지 여쭤봐도 되겠습니까?"

경찰관이 말했다.

"그야 좀 지나면 알 테고, 아무튼 거기 서 있지 말고 어서 가게. 어서."

그때 집 안에서 다른 경찰관이 반쯤 열려 있던 쪽문을 비집고 나오더니 내게 물었다.

"혹시 이 옆집에 사시는 분입니까? 이 집의 가족은 전부 몇 명이었나요?" 하지만 나는 전혀 아는 바가 없었다.

"실은 지금 이 집 사람들이 죄다 도망쳐서 아무도 없어요. 그래서 사건이 발생한 원인을 전혀 알 수가 없어요"라고 그 경찰관이 말했다. 귀에 거슬릴 정도로 떨리는 경찰관의 목소리에서 그가 느낀 공포가 여실히 드러나 살해 현장을 보고 온 것이라 직감했다.

나는 우치야마와 둘이서 모퉁이에 있는 수레를 만드는 집으로 갔다. 그 집의 마당에서는 대여섯 명의 남자가 서서 이야기하고 있었다. 그때 안주인이 나를 보더니 대뜸 말했다.

"손님, 큰일 났습니다."

마당에 서 있는 남자는 신문기자인 모양이었다.

부엌에서 쓰러져 죽은 부인의 주변에는 온통 피가 낭자했고, 남편은 온몸에 상처를 입고 죽은 채로 방에서 발견되었다고 한다. 그리고 청년은 2층의 대들보에 목을 매어 죽었다는 사실을 알았다.

"범인은 외부에서 집 안으로 들어와서 일을 저질렀어. 방바닥이 흙 묻은 발자국 천지였다잖아. 그 학생도 같은 범인에게 살해당한 거야. 미리 죽인 다음 스스로 목을 매어 죽은 것처럼 꾸민 거지"라고 기자로 보이는 남자가 말했다.

"그럴 리 없어. 2층에서 목을 매어 죽은 그 학생이 범인이야. 뻔하잖아"라고 다른 남자가 말했다.

나는 돌아올 때 안주인에게 이 일을 아무도 몰랐었냐고 물어보았다.

"예, 손님. 아까 누군가가 이 앞을 바삐 뛰어갔어요. 그러더니 벌써 저런 일이 벌어졌더라고요"라고 안주인이 말했다.

나는 집으로 돌아와 목도리를 두르고 혼자 뒷골목에 있는 밀크홀milk hall*로 갔다. 가는 도중 술도가 앞에도 두세 명이 모여서 무서운 이야기를 수군거리고 있었다.

모든 사람의 이야기를 종합하면, 대학생이 노부부를 죽이고 자살한 것은 분명했다. 사랑하기에 참아야 했을 선을 넘어

---

* 우유, 빵, 케이크를 제공하던 간이음식점. 1907년 전후에 유행했으며, 신문이나 잡지가 비치되어서 자유로이 열람할 수 있었다.

우치다 햣켄 기담집

결국 비극적인 길을 밟았다는 사실도 대충 알았다.

나는 넋이 나간 채 우유를 마시고 돌아왔다. 우유를 가져온 여자는 옷깃을 여미면서 연신 말했다. "아이고, 무서워라. 아이고, 끔찍해라."

내가 집에 돌아온 뒤 두세 명의 신문기자가 찾아와서 여러 가지 질문을 했다. 하지만 나는 물론이고 집 안 누구도 그들의 궁금증을 충족시킬 만한 이야기를 들려주지는 못했다.

아이에게는 학교 친구들에게서 듣는 말 이외의 자세한 이야기는 절대 비밀로 하라고 당부한 다음 잠자리에 들었다. 이부자리가 따뜻해지면서 마음속 두려움도 차츰 누그러졌다. 갑작스레 옆집에 닥친 무서운 운명의 그림자를 달랑 판자 울타리 한 장이 가로막아 초저녁에 일어난 사건을 거의 잊은 채이내 잠이 들었다. 다행히도 꿈자리는 전날 밤처럼 편했다.

이튿날에는 날씨가 화창한 봄처럼 따스했다. 아무것도 모르는 아이는 평소처럼 학교로 달려갔다.

아내가 작은 소리로 말했다. "오늘 아침 일찍 영구차가 와서 학생의 시신만 싣고 갔대요."

오전에 2층으로 올라갔다. 아름다운 해가 마당 가득히 빛을 내리쬐고 있었다. 옆집을 보니 2층의 덧문과 덧문 사이가 빼꼼히 열려 있었다. 그 틈으로 보이는 안쪽은 어두웠다.

오후에 거실의 툇마루에서 햇볕을 쬐고 있을 때 소학교에서 돌아온 아이가 커다란 가위로 자투리 털실을 삭둑삭둑 잘라서 폭신폭신한 털북숭이 공 같은 것을 여러 개 만들고 있었다.

"그게 뭐니?"라고 물어보았다.

"살해당한 사람의 영혼이야." 아이가 그중 하나를 들어서 톡 던졌다.

우치다 햣켄 기담집

사라사테의 음반

1.

초저녁부터 불던 바람이 밖에서 닫힌 덧문을 두드리듯 덜커덩덜커덩하던 소리도 어느새 멎고, 정신을 차리고 보니 집 주위에서는 아무런 소리도 나지 않는다. 쥐 죽은 듯 고요히 더 조용한 곳으로 푹 꺼져가는 것만 같다. 갈무리되지 않은 일로 머릿속이 점점 예민해져서 책상에 팔꿈치를 괴고 맥을 놓은 채 앉아 있었더니 마음이 맑아졌다. 그러나 눈꺼풀은 무거웠다. 문득 머리 위 기와지붕의 용마루 꼭대기에서 자갈처럼 작고 단단한 무언가가 굴러다니는 소리가 났다. 소리가 들릴락 말락 할 때까지 차양 쪽으로 빠르게 데굴데굴 굴러가는 바람에 깜짝 놀라 몸서리를 쳤다. 온몸의 털이 곤두서는 느낌이었다. 차양 끝까지 굴러가서 마당의 흙바닥에 떨어졌겠거니 하며 마음을 다잡았으나, 신경이 곤두서서 가만히 있을 수가 없었다. 거실로 가려고 자리에서 일어난 순간, 소리를 듣고 맹장지를 연 집사람이 "앗" 하고 놀라며 말했다.

"창백한 얼굴로 무슨 일이에요?"

2.

옛날에 내가 가르쳤던 학생이 찾아왔다. 오랜만에 회포를 나누느라 해 질 녘부터 술을 마셨는데, 워낙에 명랑한 사람들인지라 취기가 돌기 전부터 분위기가 와자지껄했다. 전깃불도 눈부시게 빛나고 있었다.

"벌써 밖이 어두워졌습니까?"

"글쎄."

"사모님, 벌써 해가 저물었습니까?"

이어서 내올 음식을 준비하던 집사람이 부엌에서 얼굴을 내밀고 되물었다.

"뭐 필요한 것 있으세요? 물소리 때문에 전혀 안 들려요."

"아니에요. 그냥 밖이 어두운지 여쭤봤어요."

"네, 벌써 껌껌해요"

손님은 생글생글 웃으면서 다시 내 잔에 술을 따랐다.

"어두워졌으면 돌아가려고?"

"아니요. 더 마셔야죠. 아, 바람 부는 소리 맞죠? 저 소리."

"맞아. 어두운 골목에 부는 바람 소리야."

모래 냄새가 났다.

누군가 현관의 유리문을 살살 여는 소리가 난 듯했다.

술손님과 술을 마시던 참이어서 개의치 않았으나, 잠시 후 희미한 목소리가 들렸다. 부엌에 있던 집사람이 용케 그 소리를 듣고 황급히 나가더니, 곧바로 되돌아와서는 나카스나의 아내라고 했다. 손님이 내 얼굴을 보며 술잔을 놓고 머뭇머뭇하기에 "괜찮아"라고 했으나, 집이 좁아서 그 말이 현관에까지 들린 모양이었다.

"잠깐만 실례할게"라고 한 뒤 자리에서 일어났다.

현관에 나와보니 나카스나의 부인인 후사 씨가 어스름한 봉당에 서 있었다. 나카스나가 죽은 지 아직 한 달 남짓밖에 지나지 않았다. 그동안 이미 두 번이나 오늘과 같은 시각에 찾아왔다. 들어오라고 해도 들어오지 않았다. 처음 왔을 땐 나카스나에게서 생전에 빌린 책을 돌려달라며 우리 집에 있던 그의 사전을 가져갔다. 남편이 죽은 후 장서를 팔 작정이구나 싶었다. 두 번째도 역시 빌려 간 어학 참고서를 돌려달라며 왔었다. 그런데 내게 그 책이 있는지를 어떻게 알고 찾아왔으며, 무엇보다도 그 책의 제목을 똑똑히 기억하는 것이 참으로 신기했다. 나카스나는 남에게 빌려준 책을 메모해두는 꼼꼼한 성격이 아니었다. 더구나 우리는 서로 곧잘 책을 빌려주곤 했으므로 유족이 그 책들을 소상히 알 리도 없었다.

죽은 친구의 유품은 당연히 돌려줘야 하지만, 후사 씨는 왠지 악착스럽게 찾아가려는 듯했다.

왜 매번 같은 시간에만 오는지도 마음에 걸렸으나 그냥 묻어두기로 했다.

"적적하시죠. 기미는 어때요? 잘 지내나요?"라고 물었다. 기미는 나카스나의 여섯 살짜리 딸아이로, 후사 씨의 친자식은 아니다.

"덕분에 잘 지내요."

"오늘은 두고 오셨나요?"

"아니요, 밖에 있어요."

후사 씨가 들어온 현관문이 살짝 열려 있다. 어두운 바깥에 여자아이가 홀로 서 있는 모양이다.

"날씨가 추우니 안으로 들어오라고 하세요."

"들어오기 싫은가 봐요."

집사람도 현관으로 나와서 후사 씨에게 들어오라고 했으나, 기미코가 밖에 있다는 말에 게다를 아무렇게나 신고 길로 나갔다.

"어머, 기미, 들어오지 왜 거기에 혼자 있어?"

그러나 아이는 안으로 들어오기 싫은 눈치다.

오늘은 또 무슨 용건으로 왔나 물었더니, 필시 우리 집에 있을 축음기 음반 한 장을 받으러 왔다고 했다. 기미코의 말

마따나 꽤 오래전에 나카스나에게서 빅터Victor레코드*의 검은색 10인치 음반을 빌려온 적이 있었다. 용케도 알았다고 내심 감탄하면서, 왜 이토록 빠짐없이 그의 물건을 돌려받으려고 하는지 의아했다. 음반을 돌려받자마자 돌아갔으나, 조용한 길 위로 멀어져가는 조그만 여자아이의 발소리가 귓가에 감기며 쓸쓸하게 울려 퍼졌다.

전깃불이 환하게 켜진 방으로 돌아와 상 앞에 앉았으나 마시다 만 술의 뒷맛이 목구멍 속에 남아 씁쓸하게 느껴졌다. 손님은 흥이 깨진 얼굴로 머뭇머뭇하면서,

"나카스나 선생님의 부인이세요? 딱하네요"라며 잔을 들려고도 않는다.

"신경 쓰지 마. 저렇게 가끔 와."

"제가 있어서 들어오시지 않고 돌아가신 거겠죠."

3.

손님과 이어서 술을 마셨고, 잠시 후 어느 정도 분위기가 다시 와자지껄해졌다. 술자리를 마칠 무렵에는 손님도 취해서 유쾌하게 돌아갔으나, 아직 그렇게 늦은 시간은 아니었다. 술상을 치운 뒤 할 일도 없고 하여 일찌감치 자려고 했다. 밖

---

* 「삼수갑산」「알뜰한 당신」「황성옛터」 등을 발표한 일제 강점기 때의 3대 레코드 회사 중 하나.

에는 바람이 심해진 듯하다. 그런데 집 주위에서 들리는 덜커 덩덜커덩하는 소리와는 다른, 꼭 닫힌 현관문을 똑똑 두드리는 소리가 났다. 잠옷 차림으로 일어나 현관으로 가보니, 여자가 나지막한 목소리로 무어라 말했다. 누군지 물었더니 나카스나의 아내였다. 놀라서 격자문을 열었다.

"어쩐 일이세요?"

"죄송합니다. 또 찾아와서."

한참 전에 돌아가긴 했지만 나카스나의 집까지 갔다 왔다고 하기엔 짧은 시간이었다.

"무슨 일 있으세요?"

"주무실 시간에 정말 죄송합니다. 마음에 걸리는 것이 있어서요"라고 말하더니, 아까 가져간 검은 음반 말고도 한 장 더 빌려 갔을 테니 돌려달라고 했다. 그런 일이라면 굳이 어두운 밤길을 되돌아오지 않고 내일 말해도 되지 않느냐고 하려다가, 내가 그렇게 말할 줄 알았다는 듯 뚱한 표정이어서 그만두었다.

그러나 집 안을 아무리 찾아도 후사 씨가 말한 음반은 보이지 않았다. 아까 가져간 음반과 같은 검은 10인치 음반으로, 사라사테Pablo de Sarasate가 직접 연주하는 「치고이너바이젠Zigeunerweisen」이라고 했다. 그 음반은 나도 기억이 난다. 녹음할 때의 착오로 연주 도중에 말소리가 들어가 있다. 음반으로서는 실패작일지 몰라도, 사라사테의 목소리가 분명하므로 도리어 소장 가치가 큰 귀중한 음반이라고 한다. 음반을 찾을 수 없었고, 내가 그렇게 많은 음반을 소장하고 있는 것도 아니니 후사 씨가 착각했을 수도 있다.

현관으로 돌아와서 음반이 없다고 말하자, 후사 씨는 웃음기 없이 확신에 찬 투로 말했다.

"그럴 리가 없습니다."

문득 아이를 또 밖에 세워뒀나 싶어서 물었더니 건성으로 "아니요"라고만 대답했다.

"다른 곳에 두고 오셨어요? 댁까지 가시려면 한참 걸릴 텐데."

"걱정하지 마세요."

그리고 보니 아까 음반을 싸간 보따리도 들고 있지 않았다.

"아까 계셨던 손님은 벌써 돌아가셨나요?"

"네, 돌아갔어요."

후사 씨는 무슨 이유에서인지 나를 다시 쳐다보았다.

"제가 착각했을 수도 있으니 음반은 곧 다시 찾아보지요. 당장은 저도 기억이 나지 않아서."

"그러시군요."

약간 우물쭈물하며 뭔가 할 말이 있는 눈치였으나, 후사 씨는 그대로 돌아갔다. 초봄의 환절기여서 현관의 유리문을 여닫을 때 들이친 바람이 확실히 아까보다는 따뜻하게 느껴졌다.

맹장지의 그늘에서 다소곳이 있던 집사람이 옷깃을 여몄다.

"바깥 날씨가 따뜻해진 것 같아"라고 말했지만, 아내는 "그래요?"라며 목을 움츠렸다.

4.

나카스나는 졸업하자마자 도호쿠東北의 관립학교官立學校 교수로 부임했다. 그러나 당시에는 초가을인 9월이 신학기였으므로, 그는 한 학기를 마치고 겨울방학에 상경해 연말부터 정초 대문에 장식하는 소나무お正月の松*를 치울 때까지 보름가량 우리 집에서 지냈다.

우리는 날마다 집에서 술만 마시거나 혹은 나가서 추운 거리를 싸돌아다니다가 맥줏집에 들렀다. 나카스나는 여름방학 땐 상경하지 않고 기다릴 테니 나더러 내려오라고 했다.

여름이 되어 찾아간 그는 절 같은 휑한 큰 집에 세 들어 살고 있었다. 내가 도착한 다음 날 대낮에 큰 지진이 났고, 그 커다란 집은 기우뚱기우뚱 느리게 흔들렸다. 처마가 긴 툇마루 끝에 앉아서 보니 땅이 어긋나 있는 듯했다. 내 얼굴이 창

---

* 새해 정월 초하루부터 7일 혹은 15일까지 대문이나 현관에 놓아두는 소나무 한 쌍.

우치다 햣켄 기담집

백했는지 나카스나가 그렇게 무섭냐고 했다. 설마 지진이 무서워서 안색이 변했을까. 담 옆의 나뭇잎 탓일 것이다. 그러나 왠지 기분은 좋지 않았다.

처음 계획대로 기차를 타고 태평양 해안에 가기로 했다. 간선철도로 몇 시간을 달린 뒤 분기선分岐線의 작은 기차로 갈아탔다. 멀리 보이는 하늘 아래로 들쭉날쭉한 숲과 황량한 언덕이 펼쳐져 있었다. 그 사이를 작은 기차가 철커덕철커덕 달리는 동안 해 질 녘의 그림자가 드리워졌다.

어느새 선로의 좌측을 따라 달리는 기차의 앞쪽에 큰 둑이 나타났다. 선로와 둑 사이는 넓어지기도 하고 좁아지기도 했는데, 좁아질 때는 둑의 그늘로 작은 기차가 들어가서 차창 옆에 앉은 우리의 무릎 위까지 어두워졌다. 크고 긴 둑이 점점 짙어지는 땅거미를 주변으로 흩뿌린 듯했다.

기차가 둑에서 멀어질 땐 물에 비친 빛이 둑 맞은편으로 저물어가던 하늘에 반사됐다. 물이 가득 찬 큰 강이 흐르는 모양이었다. 배는 보이지 않았으나 땅거미 속을 유유히 지나가는 어마어마하게 큰 돛대의 끝이 보였다.

볼일이 있어서가 아닌 그저 놀러 온 여행이지만, 낯선 풍경 속에서 저무는 해는 왠지 쓸쓸해 보였다. 좁은 기차에 마주 앉은 나카스나도 시큰둥하고 허전한 표정이었다.

어두운 둑을 따라 선로가 크게 커브를 틀자, 반대편 창 너머 일렬로 늘어서서 반짝거리는 작은 등불이 눈에 들어왔다. 제방 옆은 아직 약간 밝았으나 등불이 보이는 주변 일대는 벌써 껌껌했다. 작은 기차가 어둠 속에 흩어진 그 빛을 향해 달려가고 있었다.

5.

분기선의 종점인 작은 역에서 내린 우리는 단둘이 넓은 길을 어슬렁어슬렁 걸었다. 길 양쪽에 늘어선 불빛 덕분에 주변은 어둡지 않았으나, 길바닥 위에 온통 주먹만 한 자갈이 굴러다녀서 걷기가 힘들었다. 선로를 따라서 난 제방 맞은편의 강은 이 마을을 끼고 흐르고 있었다. 우리는 강가로 나가보기로 했다. 여름밤이 이제 막 저물기 시작해서 아직 오가는 사람이 많았다. 그중 한 사람을 붙잡고 근처에 다리가 있느냐고 물었다.

그런데 상대방과는 달리 나는 그 사람의 대답을 처음 두세 마디는 전혀 알아들을 수가 없었다. 낯선 지방 사투리가 귀에 설어서일 터였다. 아무래도 대단히 외진 시골까지 온 듯했다. 눈치코치로 간신히 그 말을 알아듣고 곧장 걸어갔더니, 옆으로 긴다리가 나왔다.

마침 강가에 커다란 요릿집이 있어 우선 술 한잔 마시려고 들어갔다. 미닫이문 밖은 바로 강이었다. 강물이 검은 강 속에서 샘솟듯 찰랑찰랑 밀려왔다.

술을 두세 병 비우고 나니 반나절의 피로가 가시고 기분도 좋아졌으나, 나카스나는 유난히 취기가 도는 듯했다. 잠시 후 우리가 불러달라고 부탁한 기생이 오자 분위기가 왁자지껄해졌다.

기생은 요릿집 안으로 들어왔을 때부터 이런 곳에서 썩기엔 아깝다는 생각이 절로 들 만큼 외모가 아리땁고 음색도 빼어나게 고왔다. 두서없이 이야기를 나누다가 문득 나카스나가 그 기생의 말소리와 말투가 마음에 걸려서 고향이 어딘지 말해줄 수 있냐고 묻자, 잠시 머뭇거리던 기생의 입에서 도쿄에서 반대편으로 수백 리나 떨어진 나카스나의 고향 마을 이름이 흘러나왔다.

"그래. 그러리라 짐작했어"라며 나카스나는 감개가 무량한 표정으로,

"말을 예쁘게 하는데 사투리가 살짝 섞였더라고. 그 사투리는 같은 고향 사람만 알아챌 수 있거든. 하여튼 이렇다 할 목적 없이 찾아온 곳에서 고향 사람을 만나다니, 정말로 희한한 인연이야. 그렇지?"

이번에는 나를 보며 나카스나가 잔을 들었다.

술상에 나온 커다란 가바야키蒲焼き*는 징그러울 정도로 토막이 컸다. 아무리 이 강에서 잡았다지만 몸통 둘레로 미루어

살아 있는 것을 봤다면 결코 입에 대지도 않았을 것이다. 여자는 야무진 솜씨로 꼬치를 빼서 권했다. 나카스나는 언제나 취기가 돌면 상 위의 음식은 거들떠보지도 않는다. 기분이 좋아 연거푸 들이켠 술이 마음속의 향수 비슷한 감상을 자극했는지 술김에 허풍까지 떨었다.

　나도 역시 취했으므로 전부 다 기억하지는 못하지만 기생은 잠시 후 돌아갔고 우리는 요릿집에서 소개한 강가의 여관으로 갔다. 술기운이 제법 가신 뒤에도 나카스나는 먼저 돌아간 여자의 모습을 떨쳐버리지 못하는 눈치였다. 방 아래로 어두운 강물이 흘렀고, 강가에 물결 부딪히는 소리가 베개에 전해져 왠지 운치 있었다. 모기장을 치고 그 안에서 나카스나와 함께 잠을 청했지만, 그는 이리저리 뒤척이며 잠을 이루지 못하는 눈치더니 한밤중에 한두 번 한숨인지 잠꼬대인지 모를 큰 소리를 내는 바람에 잠에서 깼다.

6.

　아침에 그날의 일정은 말하지 않았으나, 나카스나는 마침 좋은 놀이 상대가 생겼다며 나를 꼬드겨서는 어젯밤에 만난 그 기생의 집으로 갔다. 그때는 몰랐지만, 술 마시는 동안 그

---

* 장어·미꾸라지 등의 뼈를 바르고 적당한 크기로 자른 후 한 번 쪄서 양념을 발라 꼬챙이에 꿰어 구운 것.

　　　　　　　　　　　　　　우치다 햣켄 기담집

는 기생에게 집으로 가는 길을 물어 미리 알아뒀는지 마치 자주 다니던 길인 양 나를 안내했다. 기생의 집은 하수구를 덮은 널빤지 건너편에 있었는데, 그 앞에서 기다리는 동안 기생이 금방 준비하고 나왔다.

우리 세 사람은 함께 길게 뻗은 비탈길을 올라갔다. 희한하게도 길 양쪽에 등꽃이 아직 지지 않고 남아 있었다. 이 주변의 시후가 더디 변해서 그런가 했으나 역시 그럴 리는 없었다.

작은 언덕 위까지 올라갔더니 난데없이 눈앞에 드넓은 바다가 끝없이 펼쳐졌다. 그 환한 바다에서 불어온 바람이 발밑에서 흩어져 사라졌다.

언덕 위는 작은 공원이었는데 찻집도 있었다. 거기로 들어가서 초밥을 먹고 맥주를 마셨다. 건너편의 드넓은 바다가 앉은 자리를 밝게 비추었고, 손만 조금 들어도 그 그림자가 파도에 출렁거리며 움직이는 듯했다.

연달아 맥주를 마신 나카스나는 뭔가 기분이 어정쩡하고 찜찜한 표정이었다.

나는 바닷가가 보고 싶어서 자리에서 일어나 홀로 언덕 끝의 절벽으로 나왔다. 바로 아래에 펼쳐진 모래밭 위로 꿈에서도 본 적 없는 거대한 파도가 데구루루 밀려왔다. 밀려온 물결이 둔치에서 부서지며 그 하얀 물마루의 끝이 모래 위로 사라지기까지의 시간은 믿기 힘들 정도로 길었다.

자리에 남아 있던 두 사람도 곧 따라 나와서 마찬가지로 절벽 끝에 나란히 섰다. 그리고 언덕을 내려가자 그 길로 정류장이 나왔다. 여자는 역까지 배웅하겠다는 빈말도 없이, 자기 집에서 가까운 골목의 모퉁이에 이르러 작별 인사를 하고 돌아갔다.

작은 기차 안에서 나카스나는 이따금 먼 곳을 바라보았다. 어제부터 오늘까지 반나절의 청유淸遊*는 나에게도 좋은 추억이 될 듯싶었다.

그때 그 기생이 나카스나의 후처이자, 나카스나가 죽은 뒤 뻔질나게 우리 집에 물건을 찾으러 오는 후사 씨다.

7.

나카스나는 그로부터 몇 년 후 도호쿠의 학교를 그만두고 도쿄로 돌아왔다. 그리고 아직 개발되기 전이었던 도쿄 근교에 집을 마련하고 늦은 결혼을 했다. 부인은 나카스나가 오래전부터 사랑한 여자로, 얼마 후 아기가 생겨서 단란한 가정을 꾸렸다.

나는 종종 나카스나의 집에 놀러 가서 부엌에서 수고하는

---

* 아담하고 깨끗하며 속되지 않게 노는 것 또는 그런 놀이.

우치다 핫켄 기담집

그의 아내에게 감사한 마음을 표하며 훌륭한 저녁을 먹고 오곤 했다. 접이식 밥상 위에는 돼지고기 곤약 조림이 빠지지 않고 올라왔다. 평범한 요리였지만, 곤약을 일정한 크기로 손으로 일일이 찢어 넣은 정성이 돋보였다.

하지만 그 무렵 유행한 스페인 독감이 행복한 나카스나의 가정을 덮쳤다. 고열에 들뜬 그의 아내는 헛소리를 하다가 병에 걸린 지 불과 며칠 만에 아직 젖도 안 뗀 딸아이를 남긴 채 죽고 말았다. 나카스나가 집에 왔을 때 찬장 안에는 돼지고기 곤약 조림이 들어 있었다고 한다.

나카스나는 가장 먼저 아기의 유모를 찾아야만 했다. 다행히 금방 찾아서 아이는 걱정할 필요가 없었으나, 그 후 집안사람들과는 사이가 나빠진 듯했다. 나카스나가 방탕한 생활에 빠져 가뜩이나 좁은 집에 여자를 데려와 며칠 밤씩이나 묵게 했고 이 일로 유모와도 말썽이 생겼는데, 때마침 후사 씨가 등장했다.

나카스나가 어느 날 우리 집에 찾아와 술을 마시며 "정말 희한한 일도 다 있다니까. 후사가 죽은 마누라의 고향 집 하녀와 인연이 있더라고. 그리고 후사가 전에 신세 진 집에서 아이가 생겼는데 키우지는 않았대. 게다가 그 남편과도 인연이 끊겼으니 아주 안성맞춤이지"라고 했다. 그러나 그날 밤은 평소처럼 술자리가 한없이 길어지기 전에 얼른 파하고 돌아갔다.

8.

소문에 따르면 갓난아이의 유모를 후사 씨로 대신하면서 나카스나의 문란한 행동도 고쳐졌다고 한다. 그 후 나카스나는 후사 씨와 새출발했다. 나도 종종 밖에서 만나 그와 함께 술을 마시곤 했으나, 집안 분위기가 꼭 밝지만은 않았다. 나카스나는 과묵한 성격이어서 용건이 없으면 온종일 잠자코 있었다. 후사 씨도 처음에는 집안일을 빠릿빠릿하게 했던 모양이나, 살림에 익숙해질수록 점점 음울해지더니 용건이 없으면 진종일 갓난아이를 안고 거실에 틀어박혀서 숨소리조차 내지 않았다. 괴괴한 분위기의 집에서 이따금 갓난아이의 목소리가 나면, 아기를 달래는 건지 젖을 먹이는 건지 몇 마디 말소리가 들리긴 했으나 금방 입을 다물어버렸다. 참한 여자였으나 세월이 지날수록 그런 점이 묘하게 쌀쌀맞게 느껴지기도 했다.

서로에게 다소의 불만은 있을지언정, 비 온 뒤에 땅이 굳어진다고 기이한 침묵의 세월이 지나고 나카스나의 가정에도 마침내 평화가 찾아왔다. 두 사람은 다른 집처럼 고함치거나 물건을 집어던지며 싸우지 않았다. 나카스나가 한두 마디 볼멘소리하고 입을 다물어버리면, 후사 씨도 이에 질세라 마찬가지로 잠자코 거실에 들어가므로 이내 조용해진다. 그 상태로 며칠이든 간다. 그럴 때 찾아가면 겉보기에는 평소와 별반 다름없는 듯했으나, 대개는 나카스나가 쓴웃음을 지으며 한마디 했다.

"또 시작이군. 제 할 도리만 하면 다야? 꽁하니 자신의 껍질 속에 틀어박혀서 절대 나오는 법이 없다니까."

그리고 "어이, 이봐" 하고 부르면 후사 씨도 순순히 나온다. 그리고 내게도 평소처럼 대한다. 며칠 동안 울적했던 나카스나가 어느 날 밤 나를 붙잡고 오랫동안 술을 마셔도 후사 씨는 싫은 내색조차 하지 않는다. 무슨 안주가 좋은지 묻고는 부지런히 음식을 장만해 내오고, 처음에는 술도 한두 잔 따라 준다.

이튿날 불쑥 나카스나가 찾아와 후사 씨와는 어땠느냐고 물으면 역시 마찬가지다. 엔간해서는 껍질에서 나오지 않을 것이라고 했다.

그렇게 몇 년의 세월이 흐르는 동안 나카스나는 자신의 몸속에 병이 도사리고 있다는 사실을 눈치채지 못했다. 병증이 겉으로 드러났을 때는 이미 심각한 상태였으므로 얼마 못 가서 죽고 말았다.

9.

볼일이 있어서 평소에 별로 온 적 없는 교외의 어느 낯선 곳에 간 날이었다. 역에서 내렸는데 종잇조각에 그린 약도가 정확하지 않아서 가야 할 집을 좀처럼 찾을 수가 없었다. 그렇게 찾다 찾다 지쳐서 눈에 보이는 넓은 길을 그냥 걸었다. 오르막길을 끝까지 올라가자, 앞길은 보이지 않고 길 끝에 맞닿은 건너편 하늘에 흰 구름이 기우뚱하게 걸려 있었다. 길 양쪽으로 늘어선 지붕이 낮은 집들에 바람이 스치고, 사방에서 부스럭부스럭 시끄러운 소리가 났다.

구름이 떠가는 비탈 위에서 한 사람이 아이를 데리고 내려오고 있었다. 아직 멀리 있는 데다 뒤에서 빛이 비쳐서 긴가민가했으나, 짐작대로 역시 후사 씨와 기미코였다.

길을 몰라 서성이던 참이라 깜짝 놀랐으나 상대방은 태연했다. "오랫동안 연락 못 드렸습니다. 별일 없으셨죠?" 흔한 인사말을 건넨 나는 그래도 친구의 도리라는 생각에 아직 아무에게도 하지 않은 이야기를 했다. 글을 쓰기가 힘들어서 얼마 전 지인의 소개로 작은 집을 구해 여기로 이사 왔는데, 조만간 찾아뵙고 말씀드리려 했다고 말했다.

후사 씨는 자신의 집이 바로 요 앞이니 들렀다 가라고 했으나 다음에 들르기로 했다. 그러고는 내가 가려는 곳의 위치를 묻자, 후사 씨 역시 이곳이 아직 생소하여 잘 모른다고 했다. 나도 제대로 알고 가는 길이 아니었으므로 후사 씨가 가는 방향으로 함께 걸었다. 우리 둘 사이에 있던 기미코가 휙 빠져나가더니 후사 씨의 반대편에 바싹 붙어서 걸었다.

내가 찾아가야 할 집은 나중에 다시 물어보기로 하고, 후사 씨 집으로 가는 길을 알아두었다. 집 바로 앞의 네거리에서 헤어질 때 후사 씨가 잠시 멈춰 서서 이런 말을 했다.

"나카스나가 죽고 난 뒤에야 비로소 그가 제 남편이 아니었다는 사실을 절실히 느꼈습니다. 분명 죽은 부인에게 갔을 거예요. 본디 그런 사람이니까요. 저는 세상의 다른 평범한 부부처럼 남편을 앞세운 것이 아니에요. 그러니 나카스나도 미련은 없겠지요. 하지만 불쌍한 이 아이는 꼭 제 손으로 키울 거예요. 나카스나에게 맡길 수는 없으니까요."

후사 씨는 매서운 눈초리로 내 얼굴을 똑바로 쳐다보더니 조용한 말투로 인사하고 길을 건너갔다.

10.

후사 씨는 또 평소와 같은 시각에 찾아와서 어둑어둑한 현관의 봉당에 섰다. 왠지 섬뜩했다.

집사람이 있느냐고 해서 잠시 볼일을 보러 갔는데 아직 돌아오지 않았다고 하자, 아내에게 물어볼 것이 있어서 왔다고 말하고는 이내 입을 다물었다.

들어와서 기다리라고 해도 평소처럼 봉당에 곧추서서는 말을 듣지 않았다. 오늘은 혼자 왔느냐, 기미코 혼자 집을 볼 수 있느냐고 물어도 대꾸가 없다. 그러다 결국 조만간 또 찾아올 테니 부인이 돌아오면 물어봐달라며 자신의 근심을 털어놓았다. 후사 씨는 "요즘 기미코가 밤마다 으레 같은 시각에 잠에서 깨요. 비몽사몽간인 듯싶은데, 제가 하는 말에는 대꾸도 하지 않고 오로지 나카스나와만 이야기하더군요. 아이가 죽은 아버지의 꿈을 꾸는 것은 당연하지만 아침에 보면 참 딱해요. 그래도 이런 일이 밤마다 너무 오래 되풀이되는 것 같아서 나 몰라라 할 수가 없더라고요. 더군다나 제 생각에는 그게 꿈 같지가 않아요. 기미코가 곧잘 알아듣기 힘든 말을 하곤 하는데, 으레 선생님에 관한 말이 나오더군요. 분명 기미코는 이 댁에 맡겨둔 것을 못 찾을까봐 걱정하는 것 같아요. 나카스나가 기미코에게 주고 싶어 하던 것이겠지요. 아마도 부인께서만 찾으실 수 있을 듯싶어서 왔어요"라고 했다.

후사 씨가 돌아간 뒤 거실에 홀로 앉아 있는데, 순간 머리카락이 쭈뼛 섰다.

11.

사라사테의 10인치 음반을 다른 친구에게 빌려주었던 사실을 까맣게 잊고 있었다. 집으로 돌아온 뒤 후사 씨에게 말해줄까 했으나, 일전에 볼일이 있어서 가려던 집에 다시 가야 했으므로 가는 길에 갖다주기로 했다.

볼일을 마치고 돌아가는 길에 후사 씨의 집을 찾아갔다. 마당이 딸린 야트막한 작은 집이었다.

마당을 돌아서 툇마루에 걸터앉았다. 후사 씨는 나더러 계속 안으로 들어가라고 했다. 널판장(널빤지로 친 울타리) 그늘에 놓인 커다란 푼주 속 물 위에 수련이 피어 있었다.

예쁘다고 말했더니 나카스나가 생전에 공들여 만들었는데 죽은 다음에 피었다고 했다.

"이사할 때 가져왔어요? 힘드셨겠군요"라고 하자 잠시 잠자코 있다가,

"그래도 죽은 사람의 정성이 깃들어 있으니까요"라며 다시 입을 다물었다.

차를 내온 후사 씨는 차분한 말투로 "수련은 밤이 되면 빛이 나요. 휘황찬란한 색으로 반짝거리기에 이슬인 줄 알았는데 실은 꽃잎이더군요"라고 말했다.

그리고 이사할 때 수련 화분만이 아니라 나카스나가 마시다 남긴 맥주도 꽤 귀찮은 짐 중 하나였단다. 달랑 두 병이지만 마시고 가라며 일어선 후사 씨는 능숙하게 방 안에 작은 접이식 밥상을 펴고 깨끗이 닦은 맥주병을 가져왔다.

김을 구워 오겠다기에 괜찮다고 했으나, 이미 부엌의 미닫

이문 너머에서 김 냄새가 풍겨왔다.

나는 얼른 마시고 돌아가려고 먼저 마시겠다고 말한 뒤 알아서 맥주를 컵에 따랐다.

잔을 비우고 편히 앉아 담배 한 대를 피우며 오랜 세월 함께한 술친구가 죽어서 딱하다는 입에 발린 말을 했다.

후사 씨는 문득 내가 포장해서 가져온 사라사테 음반이 기억났는지, 포장지를 뜯고 음반을 꺼냈다. 그리고 보자기를 씌운 채 방 한구석에 둔, 나카스나가 생전에 아끼던 축음기를 열고 그 위에 음반을 올렸다. 곧 고풍스러운 선율의 「치고이너바이젠」이 흘러나왔다. 이윽고 오톨도톨한 것이 뭉개지는 소리가 나고, 흠칫 놀란 듯한 후사 씨가 평소보다 강한 어조로 말하는 소리가 들렸다.

"아니요, 아니요." 이해할 수 없는 말을 거절하듯 엉거주춤한 자세로 후사 씨가 말했다.

그러고는 "아닙니다"라고 잘라 말한 뒤 안색이 확 바뀌며 "기미, 이리 온. 어서! 아아, 유치원에 가고 없지"라고 무심코 말한 후사 씨는 얼굴에 앞치마를 대고 울었다.

푸른 불꽃 青炎抄

1. 초저녁달

나비넥타이를 맨 50대 남자가 올라와서는 야윈 무릎 위로 양손을 비벼대며 한참이 지나도 돌아가지 않는다.

어둠이 내린 창밖은 비가 주룩주룩 내리고 있었으며, 미닫이문이 앞뒤로 조금씩 흔들렸다. 그 남자는 연신 눈을 치뜨고 노려보며 무슨 말인가 하고는 절을 올렸다.

낯이 익은 것도 같고 상대방이 착각한 것 같기도 해서 아리송했다.

"여쭤볼 수 있는 처지는 아니나, 그놈이 꼭 여쭤보라고 해서요."

나는 모른다고 했는데도 상대방은 막무가내다.

50대 남자는 굵은 줄무늬 양복을 입고 있었다. 목소리가 부드러워서 마치 여자와 이야기하는 듯한 기분이 들었다.

"실은 그놈에게도 여러모로 고생만 시키고 좋은 꼴도 못 보여준 채 이렇게 되어버렸지 뭡니까. 참으로 면목이 없습니다."

"잠시만요. 저로서는 도통 무슨 말씀이신지 모르겠습니다. 필시 다른 사람과 착각하신 듯합니다."

"당연합니다. 결국." 남자는 말하다 말고 얼굴을 어루만졌다. 포동포동한 하얀 손등은 노인 같은 얼굴과는 딴판이었다. 곧 눈을 씀뻑씀뻑하며 "일단 가셔서 직접 보시면 아실 겁니다. 제 눈에도 이제 오래 못 버틸 듯싶어서 죽기 전에 굳이 이렇게 찾아왔습니다. 번거롭게 하지 않을 테니 꼭 짬을 내서 와주십시오."

말하는 동안에 점점 목소리가 작아지더니 결국에는 모깃소리만 해졌다.

지금까지 들리던 익숙한 빗소리가 뚝 그치자마자 갑자기 집 앞이 쥐 죽은 듯이 고요해졌다. 그리고 어느새 뜬 노랗고 파르스름한 초저녁달이 미닫이창을 환히 비추었다.

밤중에 잠이 오질 않아서 이부자리에서 일어났다. 창가에 놓인 책상 앞에 앉아 담배를 한 모금 빨자, 문득 주위에서 사각사각하는 소리가 났다.

갑자기 뒤에서 인기척이 나서 돌아보았다. 낮에 입었던 옷을 벗어서 앉은키만 한 높이의 받침대가 달린 축음기 위에 걸쳐놓은 탓에 마치 또다른 내가 뒤에 있는 것 같았다.

설마설마하면서도 꼼짝할 수가 없었다.

그리고 정말로 그 옷이 움직였다.

슬슬 자세를 바로 하더니 앞섶을 여몄다.

그 낯익은 모습이 진정 나인지 눈을 의심한 순간, 불현듯 낮에 입었던 옷이 자리에서 일어나 헛기침을 했다.

띠를 고쳐 매고 나가는 뒷모습을 굳이 보지 않아도 분명히 느낄 수 있었다.

비가 그치고 햇볕이 쨍쨍한 날, 어느 집에서 카나리아가 카랑카랑하게 지저귀는 소리가 들렸다. 군데군데 길가에 보이는 집의 경계에 자란 뾰족하고 길쭉한 풀잎이 바람에 흔들렸다.

변두리의 정류장에서 시장 옆으로 나가자 길이 확 좁아지고 곳곳에 모퉁이가 보였다. 여러 가지 물건을 든 사람이 스쳐 지나가는 동안, 나비넥타이를 맨 어느 50대 남자가 내게 신호를 보내기에 마중 나온 사람인가 했다. 그런데 웬걸, 또 다른 맞은편 모퉁이에서도 그다음 골목에서도, 주변 어디를 둘러봐도 비슷한 차림의 남자가 좁은 길의 인파 속으로 사라지려고 했다.

"아직도 모르시겠어요?"라고 건어물 가게 앞에 서 있던 안주인이 물었다. 그리고 앞을 지나가던 남자에게 나를 가리키면서 말했다.

"이분이 찾으시는 명패가 없는 모양이야. 아까부터 이 앞을 수없이 지나가시더라고."

그때 무슨 소리가 나더니 시장 뒤에서 세찬 바람이 불어와 그 근방의 마른 것, 젖은 것 할 것 없이 닥치는 대로 날려버렸다.

현관 앞 봉당의 흙은 바싹 말랐고, 어두운 색으로 칠해진 미닫이문의 앞쪽은 안쪽과 다르게 색이 바랬다. 안쪽에서 들어오라는 소리가 들렸다.

"그래도 뭐" 하고 방 안에 있던 여자가 한숨을 쉬며 말했다. "와주실 줄 알았어요."

방의 구석구석에는 정체를 알 수 없는 꾸러미가 여러 개 포개져 있었고, 선반에도 뭔가가 매달려 있었다.

"많이 변하셨네요."

여자는 반가워하며 말끄러미 나를 바라보았다.

"일어나세요. 바로 채비할 테니."

환자가 일어나도 괜찮은지 의아해하며 이부자리 위에 다시 앉았다. 포근한 이불을 걷자 보들보들해 보이는 잠옷을 입고 있었다.

그때 어디선가 삐걱삐걱 소리가 나며 사다리 계단을 내려오는 인기척이 났다.

여자는 날카로운 눈매로 소리가 나는 쪽을 가만히 응시했다. 소리는 차츰 작아지다가 도중에 사라졌다.

"농담이 아니야. 요즘 영문 모를 일이 일어나지?"

돌아서면서 예쁜 두 팔을 드러내며 머리카락을 매만졌다.

"그러든 말든 상관없어요. 벌써 어두워졌군요."

그 말에 미닫이문 밖을 보니 벌써 어둠이 내려앉아 있었다. 돌아가려고 했더니 여자가 "어머, 그래, 생각났구나"라고 했다.

떨떠름했지만 설마설마하던 참에 갈피가 잡혔다.

방 주위가 부단히 들썩들썩했다. 또 어딘가에서 삐걱삐걱하는 소리가 나더니 느닷없이 칸막이로 세워둔 맹장지를 열고 줄무늬 양복을 입은 남자가 안을 들여다보았다.

"잘 돼가?"

여자가 "물, 물"이라고 말했고, 내가 어리둥절해하는 동안 남자가 그 자리에 황급히 무릎을 꿇었다. 이부자리 위에서 남자를 가로막고 선 여자가 입안에서 뭔가를 아드득아드득 깨물었다.

선반 구석구석에 놓인 보퉁이의 매듭이 풀리면서 물건이 빠져나와 주변이 어수선하고 낌새가 심상치 않았다.

마침 길 정면에 뜬 초저녁달이 뉘엿뉘엿 지고 있었다. 아직 반달도 못 된 주제에 땅 위 구석구석까지 휘영청 밝게 비추니, 땅바닥에 흩어진 모난 자갈이 파랗게 빛났다.

동네의 뒷길에는 비슷한 모양의 집들이 줄지어 서 있다. 눈길이 닿는 지붕마다 눈부신 초저녁 달빛이 반사된 탓에 하나같이 짜부라진 것처럼 납작해 보여서, 멀리 있는 집은 땅바닥 바로 위에 지붕이 덮여 있는 것만 같았다.

어떻게 사람이 드나드는지 신기할 정도로 낮은 곳곳의 지붕들 아래에서 무슨 소리가 났다. 으르렁거리는 소리인지, 코고는 소리인지 확실치 않았으나 문득 정신을 차려보니 바로 옆집에서도, 비스듬히 마주 보이는 집에서도, 그 앞쪽에서도 내가 지나가는 길의 양쪽 곳곳에서도 소리가 났다.

뒤에서 누군가가 나를 쫓아오는 모양이다. 남자인지 여자인지 모를 그 사람은 연달아 내 이름을 불렀다.

앞문을 쾅쾅 두드리는 소리를 들었으나 도저히 눈을 뜰 수가 없었다.

얼른 일어나야 한다고 생각했건만 아무리 애를 써도 도무지 눈이 떠지지 않았다. 손과 발이 돌처럼 굳어서 비지땀을 흘리며 조바심치는 동안 벌써 앞문을 부수고 들어왔다.

역시 짐작한 대로 나비넥타이를 맨 남자가 거기에 앉아 있었다.

"늦기 전에 어서 줘. 너희 집에 사진이 있을 거야."

무슨 사진인지 생각할 겨를도 없이 창백한 얼굴로 떨면서 말했다.

"맞아요. 아프기 전에 사진을 찍긴 했어요."

그깟 사진쯤이야 아깝지 않지만, 어디에 넣어두었는지 기억나지 않아서 골똘히 생각에 잠겼다.

"분명 우리 집에 왔다가 병에 걸렸고 사진을 찍긴 했는데, 뭣?" 남자는 말하다 말고 일어서려고 했다.

"그래, 알아. 하지만 그 얘기를 하러 온 게 아니야. 가엾게도 이젠 틀렸어. 그래서 지금 너한테 사진이 있는 거야. 모르겠어?"

남자가 벌떡 일어서자 근처의 물건이 쓰러졌다.

기다리라고 말하려 해도 목이 메어 말이 나오지 않았다. 상대방의 모습은 보였지만 그것을 보는 눈마저 뻣뻣해져서 자유롭게 여기저기 둘러볼 수는 없었으므로, 지금은 그저 희번덕거리며 눈을 부라리는 것이 고작이었다.

남자는 점점 난폭해지기 시작했다.

앙칼진 목소리로 윽박지르며,

"이제부터가 아니라 병이 나기 전에 찍은 사진이라고. 무슨 말인지 몰라? 아이고, 답답해. 이러고 있는 동안에도 가여운 개가 기다리고 있단 말이야. 당신이라는 사람은 정말이지 진심을 알 수가 없군."

남자는 내 발을 밟고 베개를 걷어차며 날뛰었다.

그러는 동안 내 마음대로 포개놓거나 진열해놓은 집 안의 물건이 모조리 뒤죽박죽되었다. 이제 새삼 눈을 뜨더라도 예전의 나로 돌아갈 수는 없을 듯싶었다.

그런 확신이 드는 한편으로 아까부터 몸이 점점 풀리고 천근만근이던 눈꺼풀 속으로 사방에서 바닷물이 찰싹찰싹 밀려와 주변을 온통 적셔서 기분이 좋았다.

아침에 일어나서 어젯밤 벗어 던진 옷으로 갈아입자, 앞문을 당기는 소리가 나서 열어보니 낯익은 얼굴의 남자가 들어왔다.

"아침 댓바람부터 정말로 실례합니다만, 실은 날이 새기만을 기다렸습니다."

그러더니 현관 입구에 걸터앉아서 이야기를 꺼냈다.

"그놈 말로는 예전에 이 댁에 신세를 졌다더군요. 자초지종을 말씀드릴 수는 없으나, 이따금 들린 소문에 따르면 그놈도 결국 지병으로 죽었다고 합니다."

그 말을 듣자 갑자기 마음이 개운해졌다.

"예, 의사 선생님도 그간 그럭저럭 버텼으나 오늘 하루는 도저히 힘들 것이라고 말씀하셔서 어젯밤에 응급상황이 생겼나 했습니다."

양쪽 귀 뒤부터 허리 언저리까지 뻣뻣해지며 섬뜩했다.

"잠깐이라도 뵙고 떠나고 싶어서 그만."

차츰 상냥한 목소리로 바뀌자 말투가 귀에 익었다.

"종점에서 시장을 따라서 돌면 금방 아실 겁니다."

아는 집이라고 저절로 깨달은 순간, 얼굴이 새파랗게 질렸다.

2. 뽕나무집

아무래도 오랜 세월 가슴속에 응어리진 옛날 일인지라 주변의 경치조차 아련하다. 그리고 당시에 알게 된 일과 다른 사람에게서 들은 이야기, 나중에 상상한 일 등이 뒤얽힌 채 그 무서운 여선생님에 관한 으스스한 기억도 점점 흐릿해져 가물가물하다. 다만 그 여선생님의 갸름한 얼굴만은 몇 십 년이 지난 지금도 간혹 꿈속에 나타나곤 한다.

적적한 사족土族* 마을의 한쪽에는 긴 토담이 이어져 있고, 애벌칠만 한 벽에서 칠이 떨어져 나가 벽의 외椳**로 쓰이는

---

* 메이지 유신 이후 사무라이 무사 계급 출신자에게 내렸던 명칭.
** 흙벽을 바르기 위해 벽 속에 엮어 넣은 나뭇가지. 댓가지, 수수깡, 싸리 잡목 등을 가로세로로 얽는다.

고마이다케木舞竹*가 밑을 내려다본다. 담장의 안쪽은 온통 뽕나무밭이며, 그 한쪽 구석에 집 한 채가 있었다. 여선생님은 그 집에서 미치광이 오빠와 단둘이 살았다. 그는 길게 자란 머리에 턱수염을 기르고 앞섶을 풀어 헤친 무시무시한 모습이었는데, 맨발에 신은 짚신을 질질 끌면서 돌아다녔다. 칼집에서 칼을 빼든 것처럼 늘 똑같은 막대기를 움켜쥔 채 매일 같은 길을 성큼성큼 걸어서 전에 살던 집으로 돌아가는 것이 일과였다. 그 오빠라는 남자가 어디서 어떻게 죽었는지는 모르나, 어느 날 홀연히 사라진 뒤로는 넓고 황폐한 담장 안에서 여선생님 혼자 살았다.

멀찍이서 겹겹이 마을을 에워싼 산이 저녁때가 가까워진 하늘에 묻혀서 빛났다. 해가 저문 뒤에도 한동안은 어두운 하늘에 산의 모습이 도드라져서 주변 하늘이 한층 어두워 보이기도 했다.

그런 밤이 찾아온 뒤에는 홍수가 났다. 비가 어느새 내리기 시작하더니, 그다지 심하게 퍼부은 것 같지도 않은데 갑자기 큰 강의 수량이 불어나서 베개만 한 크고 노란 거품 띠가 가장 물살이 거센 곳에서 몽글몽글 떠내려온다. 순식간에 강가의 돌로 쌓은 담이 잠기고 이러다가 오늘 밤 어딘가의

---

* 서까래 끝에 건너서 대는 평고대나 벽의 윗가지로 쓰는 대나무.

제방이 무너지지는 않을까 걱정하는 사람들이 강가를 동분서주했다.

학교가 강가에 있어서 2층 건물의 교실 아래에까지 탁한 강물이 무서운 기세로 휘몰아친다. 비가 내리는 와중에도 약간 밝은 서쪽 하늘의 빛을 받아 반짝거리는 교실의 창문 하나가 느닷없이 열리더니 그 사이로 여선생님의 창백한 얼굴이 나타났다. 그 가늘고 사나운 눈매가 불어난 물에 반사된 빛을 받아서 이쪽 강가에서도 훤히 보이는 듯했다.

이튿날은 하늘 속까지 닦아낸 듯이 날이 활짝 개었고, 그 많던 물이 쫙 빠진 강가의 모래밭에는 키 작은 잡초가 진흙에 뒤덮여 있었다. 강렬한 햇볕이 내리쬐는 찜통더위에 바짝 마른 개펄은 옻칠한 듯이 빛났다.

산책 시간에 교실 뒤의 오동나무 아래에서 울고 있는 사내아이를 발견한 여선생님이 머리를 쓰다듬고 달랬더니, 갑자기 그 아이가 선생님의 손등을 물었다.

나중에 여선생님은 아무도 없는 교실에 홀로 들어가 아이들 책상 사이의 중간쯤에 우두커니 선 채 한참을 훌쩍훌쩍 울었다. 학교 아래의 개펄에 내리쬐던 햇빛이 교실 천장에 반사되어 하얗게 빛났다.

여름방학에도 여선생님은 늘 텅 빈 학교에 왔다. 뭘 하러 오는지는 모르지만, 할아버지처럼 두 손을 등 뒤의 허리춤에서 마주 잡고 아무도 없는 먼지투성이의 복도를 걸었다. 숙직을 서는 사환 할아범은 여선생님을 보고도 허리 굽혀 인사만 한 채 사환실로 돌아가 잠자코 있었다.

학교 복도와 연결된 유치원의 놀이방은 의자와 거상*이 모두 벽 옆에 가지런히 쌓여져 있었는데, 마룻바닥이 물웅덩이처럼 엷은 먹색으로 빛났다. 한쪽 구석의 오르간에는 시커먼 유단**을 씌워놓아서 마치 이상한 형체의 물건이 웅크리고 있는 듯이 보였다.

그 그늘에서 어느 키 작은 남자가 하카마***를 입지 않은 유카타浴衣**** 차림으로 나와 놀이방을 가로질러 가려다가 복도를 따라 유치원으로 걸어온 여선생님과 마주쳤다.

얼른 외면하고 지나가려던 그 남자를, 여선생님은 앙칼진 목소리로 불러 세웠다.

"혹시"라고 말하며 남자의 앞을 가로막았다.

남자는 말없이 머리만 꾸벅하고는 그 앞을 지나치려 했다.

"무슨 일 때문에 오셨습니까? 혹시" 하고 여선생님은 재차 말하며 남자의 옷소매를 붙잡으려고 했다.

---

* 가로로 길게 생겨 여러 사람이 늘어앉을 수 있는 걸상.
** 기름을 먹인 두껍고 질긴 큰 종이.
*** 겉에 입는 주름 잡힌 하의.
**** 목욕한 뒤나 여름철에 입는 무명 홑옷.

"낮잠자러 왔어요!"

남자는 그렇게 말하고는 순간 격분해서 여선생님의 창백한 뺨을 손끝으로 살짝 할퀴었다.

그리고 컬컬한 목소리로 휘파람을 불더니 어깨를 들썩이며 돌아갔다.

옛날 가로家老*의 집에서 태어난 탕아(방탕한 자식)로, 제 앞가림을 할 나이에도 온종일 건들건들 동네를 싸돌아다니며 여자 꽁무니만 쫓아다니는 그 남자의 얼굴을 여선생님은 어렴풋이 알고 있었는지도 모른다.

여선생님은 사람이 없는 놀이방을 빙 돌아서 나오더니, 다시 평소처럼 엉덩이 뒤에서 양손을 깍지 낀 채 볼일이 있는 양 학교의 복도 쪽으로 돌아왔다.

낮에 약간 붉은빛을 띤 번개가 연달아 치고 소나기가 퍼붓는 와중에, 여선생님은 어둑어둑한 집 안에서 엉거주춤한 자세로 옻칠이 벗겨진 검은색 장롱 서랍을 일일이 열고 뒤적였다.

우르릉우르릉하는 천둥소리의 여운이 낡은 집의 동귀틀**에까지 전해져 문과 미닫이가 드르르 흔들렸으나, 여선생님은 전혀 들리지 않는 양 서랍 속을 뒤적이는 손에만 온 신경을

---

* 다이묘의 중신으로, 집안의 무사를 통솔하며 집안일을 총괄하는 직책.
** 마루의 장귀틀과 장귀틀 사이에 가로로 걸쳐서 마룻널을 끼는 짧은 귀틀.

집중했다. 그러던 중 낡아빠진 칼집에서 꺼낸 긴 칼을 잠시 손에 쥐었다가 다시 그대로 서랍 속 옷 밑으로 밀어 넣었다.

소나기가 퍼부으며 집 안 여기저기에 비가 샜으나, 언제 멎었는지 모르게 비가 뚝 그치더니 저녁 하늘이 조금 밝아지고 바람도 약해졌다. 넓고도 황량한 정원에는 아무런 움직임도 없었다. 여선생님은 툇마루에 주저앉은 채 허공을 유심히 바라보았다.

저녁 식사 준비는커녕 등불도 밝히지 않고 내내 그러고 있는 동안 어느덧 땅거미가 짙게 드리워졌고 뽕나무 잎끝만 희미하게 빛났다. 그때 난데없이 한 남자가 툇마루에 앉아 있는 게 보였다.

여선생님은 가로의 아들인가 했으나 웬걸, 생판 모르는 덩치 큰 남자였다.

여선생님이 일어서려는 눈치를 보이자 그 남자는 툇마루에서 일어나 뽕밭으로 가려다가 뭔가에 발이 걸렸는지 어두운 땅바닥으로 고꾸라질 뻔했다.

여선생님의 눈에는 어둠 속에서도 그 남자의 발밑까지 똑똑히 보였다. 발치에 나뒹굴던 큰 돌멩이에 남자의 발이 걸리면서 땅에 구멍이 깊게 팼다. 구멍 속에서 흰 강아지가 대여섯 마리나 튀어나와서 거기에 고꾸라진 남자의 얼굴과 몸에 다닥다닥 붙어 있었다.

우치다 햣켄 기담집

여선생님은 그 모습이 우스꽝스러워 홀로 어두운 툇마루에서 계속 웃었다.

긴 여름휴가를 보내는 동안 여선생님은 양쪽 광대뼈가 툭 불거질 정도로 앙상하게 야위었다. 바싹 마른 집 마당을 지칠 줄 모르고 마냥 바라보다가.

"가을이 왔다. 눈에는 또렷이 보이지 않지만 상쾌한 바람 소리로 가을이 왔음을 문득 깨달았다"*라는 와카和歌를 온종일 몇 번이고 입속으로 읊조렸다.

바람이 아스라이 스치는 소리에도 눈두덩이가 푹 팬 초롱초롱한 눈을 반짝이며 바람을 쫓는 표정이었다.

가을 학기가 시작되자, 여선생님은 담임을 맡고 있는 1학년 아이들에게 이런 이야기를 들려주었다.

"여러분, 유령은 없어요. 유령이 있다는 말은 헛소리예요. 지난번 비 내리는 늦은 밤에 외출했다가 돌아오는 길에, 옆집 모퉁이 위에서 뭔가가 선생님이 쓴 우산을 누르는 거예요. 흠칫 놀라서 걸음을 멈췄더니 우산 위에서 그것이 살짝 움직였어요. 여러분이었다면 어땠을까요? 깜짝 놀랐겠죠? 그런데

---

* 원문은 "秋來ぬと 目にわさやかに 見えねども 風の音に ぞ驚かれぬる 秋來ぬと 目にはさやかに見えねども"다. 와카는 일본 고유의 정형시. 특히 5·7·5·7·7의 5구 31음의 단시를 가리킨다.

우산을 누른 건 빗줄기를 맞아서 늘어져 있던 파초의 잎이었어요."

그러나 학생들은 이야기보다는 그 이야기를 하는 선생님이 더 무서웠으므로 혼합반의 한 여자아이가 울음을 터뜨렸다. 여선생님은 그 아이에게 가서 위로했으나 좀처럼 울음을 그치지 않아서 그대로 두고 교단으로 돌아와 다음 이야기를 시작했다.

"그럼 이번에는 재미있고도 이상한 이야기를 해줄게요. '새는 비'라는 이야기예요. 어느 비 내리는 밤에 호랑이와 늑대가 나타나 어느 가난한 할머니의 집을 노렸어요. 그런데 그 집은 여기저기 비가 새서 할머니는 무척 난처했지요. 할머니가 한숨을 쉬며 '정말이지 새는 비만큼 무서운 것은 없어. 호랑이와 늑대보다 새는 비가 더 무서워'라고 하자, 때마침 앞문과 뒷문으로 들어가려던 호랑이와 늑대는 깜짝 놀랐어요. '새는 비'가 호랑이와 늑대보다도 무섭다니. 그 짐승이 그렇게 강한가? 그럼 여기서 우물쭈물하다가는 위험하겠구나 하고 생각한 호랑이와 늑대는 그길로 쏜살같이 줄행랑쳤지요. 여러분, 아셨죠? 호랑이와 늑대보다 '새는 비'가 더 무서워요. 호호호. '새는 비'는 어떤 짐승일까요? 호호호. 호호호."

아까 그 아이는 여전히 울고 있건만 여선생님은 홀로 교단 위에서 깔깔대며 웃었다.

여선생님은 밤마다 토담의 안쪽을 기어다니는 반짝이는 물체를 보았다. 처음에는 별로 크다고 여기지 않았으나, 그것은 날이 갈수록 더 밝아지고 커지는 것 같았다. 둥실둥실 떠가는 것이 아니라 단단한 뭔가를 굴리듯이 돌아다니며 그 근처를 반짝반짝 비추었다.

도호쿠 방향에서 빛나는 커다란 물체가 국도변을 따라 밤이 이슥한 동네로 들어와서 집집마다 대문을 쾅쾅 두드리고는 서쪽 하늘로 사라졌다. 그 소리에 잠에서 깬 몇몇 사람은 덧문 틈으로 마치 물이 솟구치듯이 흘러가는 빛을 보았다고 한다. 부둣가에서 열리는 야간 경매 때문에 깨어 있던 생선 장수와 어부가 이르길, 그 빛이 배 모양으로 모여 있는 동네의 지붕 위를 비스듬히 달려 큰 강 위를 건널 때는 강바닥에 있는 생선의 생김새까지 똑똑히 보일 정도라고 했다.

이런 소문을 듣고 여선생님은 집에서 본 빛나는 물체가 착각이 아니었음을 확신했다.

학년 전체가 소풍을 갔을 때 여선생님은 피곤하다며 따라가지 않는데, 오전 시간에 평소처럼 하카마를 입고 아무도 없는 학교로 왔다.

한적한 복도를 걷고 있을 때 유치원 쪽에서 노랫소리가 들려왔다. 여선생님은 평소와 달리 손깍지는 끼지 않는데, 보라색 보자기에 싼 길쭉한 것을 소중하게 한쪽 옆구리에 끼고 있었다.

복도를 따라 유치원 앞에 다다른 여선생님은 둥글게 모여서 노는 놀이방 입구에 섰다. 유치원 선생님이 고개를 끄덕하고 인사하자, 조용히 인사를 받고 그 자리에 선 채 가만히 아이들의 놀이를 보았다.

그러더니 문득 뒤를 돌아보고는 실내용 조리를 신은 채 곧바로 집으로 돌아왔다.

그 이튿날도 학교는 수업이 없어서 휑뎅그렁했으나, 여선생님은 역시 대낮부터 하카마를 입고 학교에 왔다.

오늘은 복도를 걷는 대신 교무실 뒤의 울타리에 기대서 한참 동안 건물 아래의 큰 강을 바라보았는데, 왠지 모르게 몸이 나른해 보였다. 큰 강은 바짝 말라서 멀리서 가늘게 흐르는 강줄기만이 진한 보라색으로 반짝반짝 빛날 뿐이었다. 물이 빠진 강변에는 가을에 피는 키 작은 풀이 드문드문 자라 있었고, 등이 보라색인 새가 총총거리며 그 위를 누비고 다녔다.

눈을 깜빡일 때마다 새의 수가 늘어나는 듯했다. 마침내 강변이 온통 보라색 새로 우글우글해지자, 여선생님은 눈앞이 아찔해서 울타리 옆에 자란 커다란 오동나무의 줄기에 매달렸다.

학교가 시작했는데도 여선생님이 오시지 않아 사환이 집으로 모시러 갔더니, 곱게 화장을 한 여선생님은 양쪽 무릎이 끈으로 묶인 채 죽어 있었다. 칼집에서 뽑은 장검이 곁에 놓여 있어서 목이라도 찌를 심산이었던 모양이라고 생각했으나 피는 묻어 있지 않았다.

그래서 여선생님의 집안은 멸문했다. 긴 토담으로 뽕밭을 둘러친 저택이 저토록 황폐해진 데에는 필시 이유가 있을 것이다. 그 사건을 알게 된 마을 사람들이 추측하기로는, 오빠가 미쳐서 죽기 전에 그 아버지와 어머니, 심지어 그보다 먼 조상에게서 무서운 일이 대물림되었을 것이라고 했다. 그러나 옛날 일이므로 정확히는 알 수가 없다.

3. 팽나무 두 그루

내가 눈을 뜨자,

"일어났군. 그래, 이젠 다 알았지? 뭐 괜찮아. 그렇게 가만히 있어. 일어나서는 안 돼"라고 했다. 그러고는 머리맡에서 담배를 피워 물었다.

"드디어 왔어. 전부 찾아왔어. 이것으로 됐어. 이제 됐다고."

한숨을 쉬는 듯한 목소리였다.

"너한테는 미안하지만 어쩔 수가 없었어. 오래전부터 정한 날이 바로 오늘 밤이고 이런저런 사정으로 계획을 바꿀 수도 없었거든. 네가 기차에서 친 전보를 받았을 때 대답하기 난처해서 우물쭈물하는 동안 벌써 신바시新橋에 도착할 시각이 다 되었더라고. 기어코 못 오게 하려면 신바시역까지 가서 네가 기차에서 내리자마자 다른 곳으로 데려가는 수밖에 없는데, 어젯밤에는 정말로 집에서 한 발자국도 나가기 싫었거든. 그 기회를 놓치면 너를 이 일에 끌어들이게 되고 말 텐데. 그렇다고 도쿄에 처음 온 너를 현관에 들이지도 않고 다른 곳으로 가라고 하기도 곤란하고, 또 설사 내가 그러라고 한들 순순히 내 말대로 물러갈 네가 아니잖아. 오늘 밤만이라도 여기서 묵게 해달라는 너와 실랑이하다가 식구가 나오기라도 하면, 어째서 널 한사코 자고 가지 못하게 하는지 수상히 여길 게 뻔해. 그래서 일단은 너를 내 방으로 들인 다음 다시 밖으로 데리고 나가려고 했는데. 생각할수록 점점 양심에 찔리더라고. 억측일지는 몰라도, 하필이면 네가 엽서에 조만간 상경하니까 잘 부탁한다고 써서 어쩌면 집안 누군가가 그걸 봤을 수도 있고 말이야. 엽서를 보낸 당사자가 온 바로 그날 내쫓으면 누구든 의아해할 게 뻔하지. 그래서 차라리 그냥 네 맘대로 하게 내버려두는 것이 낫겠다고 생각했어. 멀리서 찾아온 네게는 미안하지만 어쩔 수 없는 운명이야. 차라리 잘되었다 싶기도 해. 이런 일은 상당한 주의가 필요한 법이거든. 상대방은 눈치채지 못했지만, 실은 전에 말실수한 적이 있었어. 그래서 이번만큼은 실수하지 않으려고 호시탐탐 기회를 엿보던 차에 네가 온 거야. 기껏 상경한 너를 방에서 하룻밤 함께 잔 뒤 눈뜨자마자 나가자고 했으니, 식구들은 뜻밖이었겠지. 그런 의미에서 오늘 밤 나를 방해하기는커녕 오히려 도와준 셈이야. 괜찮아. 너에겐 아무 짓도 하지 않을 테니 그런 얼굴 하지 마. 그럴 리가 없잖아. 아아, 목말라. 시원한 냉수나 한 잔 들이켜면 좋으련만. 그런데 부엌에 가려면 거기를 꼭 지나가야만 하니 아래층으로 내려가기가 싫어. 그렇다고 너에게 냉수 심부름을 시킬 수도 없으니, 관두지 뭐."

일어났다가 다시 앉더니 창문을 열고 밖을 본다.

"아직도 밖을 지나다니는 놈이 있군. 몇 시나 되었으려나. 아직 3시 전인가? 아까 내가 내려간 것은"이라고 말하다 말고 자리로 돌아와 머리맡에 앉더니 내 얼굴을 빤히 들여다보았다.

"언제 깼어? 내가 한 말을 들은 거야? 내가 아래층에 내려갈 때는 곤히 자는 줄 알았는데. 어쨌든 꼬박 하루를 덜컹거리는 기차를 타고 왔으니까 피곤해서 잠들면 업어 가도 모르려니 했거든. 역시 잠귀가 밝은 사람들은 뭐가 달라도 다르군. 막연히 네가 잠에서 깰지도 모른다는 생각 때문에 오늘 밤에 하기로 예정된 일을 연기할 수는 없었어. 내게는 오늘 밤의 계획이 가장 중요하거든. 뭐 결과야 어찌 되든 네가 절대로 잠에서 깨지 않을 법한 방법도 생각해놓아야 했어. 용케 우려했던 일은 일어나지 않았지. 물론 이미 각오하긴 했지만, 내게 남은 미래가 없다고 해서 아무것도 모르는 너를 이 일에 말려들게 한 내 기분은 좋은 줄 알아? 솔직히 잠에서 깬 너를 보고 놀라긴 했지만, 다행히도 할 일을 완전히 끝낸 뒤였어. 만약 잠에서 깬 네가 이부자리에 가만히 누워 있지 않고 나와서 떠들어댔다면, 나도 흥분해서 밖으로 뛰쳐나갔을지도 몰라. 자칫 오래전부터 계획한 일을 그르칠까봐 사실 짜증이 났거든. 잠옷 차림으로 아래층에서 일을 끝낸 다음 개수대로 가서 세수를 하고 손도 씻었어. 그리고 작은딸이 다림질한 뒤 개켜서 거실에 두고 간 유카타로 갈아입고 내려왔지. 이것 봐. 이렇게 팔팔하다니까. 그리고 모든 것이 산뜻해. 손과 발과 옷뿐만이 아니야. 정말로 기분이 개운해. 나중 일은 날이 밝은 뒤에 생각하자고."

오른쪽으로만 돌아누워 있으려니 몸의 반쪽이 너무 아파서 엎드리려고 이불 속에서 몸을 뒤척이자 불쑥 당황한 목소리가 들렸다.

"안 돼, 아직은 안 돼. 지금 일어나서는 안 된다고. 지금까지처럼 그렇게 누워 있어. 나도 새벽녘까지 여기서 이렇게 마음을 추스르고 있을 테니까. 어차피 앞으로 다시는 너를 만

우치다 햣켄 기담집

날 기회는 없겠지. 이렇게 말하면 기분이 이상할지도 모르지만, 네가 간직해줬으면 하는 것이 있어. 어쩌면 너에게는 나보다도 오늘 밤 일이 더 오래도록 기억에 남겠지만, 뭐 아무렴 어때. 맞다, 너는 모를 거야. 소문도 꽤 났었던 모양인데, 아무튼 결국 병으로 죽는 바람에 체면은 섰지만 사실 우리 형은 자살했어. 그런데 조금 이상한 방법으로 죽어서 본가에서는 한사코 그 사실을 숨긴 모양이야. 형의 번민은 나와는 무관했지만, 나는 나대로 또다른 문제가 있었어. 궁지에 몰리면 나도 형과 비슷한 방법으로 결말을 맞아야 할 것 같았지. 그래서 오랫동안 궁리한 끝에 결국 나는 사람을 죽이기로 했어. 아니, 내가 살려고 사람을 죽이겠다는 말이 아니야. 내게는 자살과도 같은 의미인 거지. 간략히 말하자면 주변 환경 때문에 살기가 싫고 또 살 수가 없으니 말없이 죽어버리면 잠자코 살해당한 셈이나 마찬가지잖아. 그래서 과감히 저질렀어. 심사숙고해서 내린 결정인 만큼 잘못했다고는 생각하지 않아. 이건 잘잘못의 문제가 아니야. 세 사람은 생판 모르는 남이었어. 본인이 알아차리기도 전에 손과 발을 버둥거리며 악착같이 덤비다가 결국 가버렸지. 이제 두 번 다시 눈을 뜨는 일은 없을 테니 죽어서도 모를걸. 그리고 능숙하게 목적을 달성했을지는 몰라도 살인을 저지른 명분은 약간 부족했어. 세 사람 중 누구도 이해하지 못하겠지. 나중에 내가 범인이라는 사실을 밝히고 싶어서 하는 수 없이 우선 만만해 보이는 약한 두 노인네를 노렸어. 그 딸은 네가 어젯밤에 왔을 때 마침 현관 입구에 있었으니까 나를 봤을 거야. 그러나 잘못한 사람은 할아버지와 할머니야. 현재 양자인 나를 이 집에서 또 양자로 삼으려고 했거든. 물론 손바닥도 마주쳐야 소리가 난다고 내게도 책임이 아예 없다고는 할 수 없지만, 어쨌든 그런 일이 원인이 되어 빼도 박도 못하는 처지가 되었어. 그간의 복잡한 사정을 지금 네게 얘기한들 부질없고 말하고 싶지도 않지만, 일단 결심하고 기회를 노리던 며칠간은 정말이지 숨이 막힐 지경이었어. 갑자기 할머니가 친절하게 일상사를 여러모로 신경 써주었거든. 자기 딸에게 내 방석이 헐었으니 솜을 갈아주라고 시키거나, 벌써 며칠째 씻지도 않았다면서 수건과 비눗갑을 챙겨주며 등 떠밀다시피 목욕탕에 보내기도 했지. 또 내가 전골을 좋아한다고 했더니, 비 내리는 어느 날 밤에 다 같이 전골을 먹었어. 나와 이 집 딸은 꽤 오래전부터 혼담이 오간 사이였는데 최근에 서먹해졌어. 그 이유를 한마디로 말하면 나를 완전히 단념할 수 없었던 딸이 다른 곳에서 혼담이 들어오자 나에게서 멀어지려 했었던 거야. 하필 그날 오후 딸의 말이나 표정이 아닌 더 깊은 곳에서 그 사실을 알게 되었지. 그 바람에 도리어 조바심이 나서 더는 참을 수가 없었어. 그 뒤로 이 집 딸이 새삼스럽게 그리워하는 척이라도 하면 가슴속에서 뜨거운 감정과 차가운 감정이 충돌해서 너무나 괴로웠어. 그러고 나서 바로 얼마 후 전골을 먹느라 딸과 마주 앉은 나를 할머니가 옆에서 여러모로 살뜰히 챙겨줬어. 딸도 나에게 아첨하려는 양 어색한 말투로 파를 너무 길게 썰었다는 둥, 실곤약을 제대로 씻지 않아서 지푸라기가 묻었다는 둥 하며 자기 어머니를 걸쩍지근하게 나무라더군. 한자리에 모여 식사를 하긴 했지만 할아버지는 소고기를 별로 좋아하지 않아서 접이식 밥상 끝에 구운 건어물을 놓고 혼자 술을 따라서 홀짝홀짝 마셨어. 술을 마시지 않는 나는 전골 속 건더기만 건져 먹었고. 보글보글 전골이 끓을수록 괜스레 분위기는 어정쩡해지고 종잡을 수 없는 이야기에 서로 흥겨워했지. 전골냄비에 새로운 고기조각을 나란히 넣고 젓가락을 든 채 멍하니 끓기를 기다리다가 문득 젓가락 한 짝이 손에서 미끄러져 무릎 위로 떨어졌어. 냉큼 주워서 새로운 젓가락으로 바꿔 쥐었으나 왠지 불길한 예감이 들어서 가슴이 콩닥거리더군. 딸이 내 얼굴을 보고 무슨 일이 있냐고 물었고, 할머니와 할아버지도 나를 보고 의아해했어. 그런 일로 안색이 변하는 것도 신기했지만 분명히 심상치 않은 낌새를 챈 표정이었어. 이튿날 오후에도 역시 비가 내렸는데, 사람들은 모두 볼일을 보러 외출했고 나 혼자서 2층 방에 있었어. 그런데 필시 아무도 없는 아래층 방에서 무슨 소리가 나는 듯해서 내려갔더니, 빛이 드는 툇마루에서 처음 보는 커다란 고양이가 미닫이문의 문살을 박박 긁고 있는 거야. 처음에는 밖으로 나가려고 그러는 거려니 했어. 그런데 집에서 고양이를 기르지도 않을뿐더러 누가 아무도 없는 방에 길고양이를 가둬둔 채 외출하겠어? 심지어 방금 아래층으로 내려왔을 때 맹장지를 내가 열었는지 원래 열려 있었는지조차 알쏭달쏭하더군. 만일 열려 있었다면 고양이는 그리로 들어온 것이 분명해. 뒷문을 닫은 나는 고양이가 밖으로 도망치지 못하게 하기로 마음먹었어. 가슴이 두근거리고 낯빛이 발그레해지는 느낌이 들었지. 퍼뜩 그 생각이 들면서 나는 가만히 고양이를 날카로운 시선으로 노려본 채 손을 뒤로 뻗어 맹장지를 방긋이 열고 밖으로 나갔어. 그러고는 자루가 기다란 비를 꺼내서 단단히 감아쥔 다음, 좀 전에 나온 방으로 돌아가려고 맹장지를 연 순간 도코노마 앞에 와 있던 고양이가 날쌔게 튀어나오더니 밖으로 나가려고 하더군. 이미 방 안에 들어간 나는 등 뒤의 맹장지를 꼭 닫았어. 맹장지에 냅다 부딪힌 고양이는 그대로 기를 쓰고 상인방* 근처까지 기어 올라가서는 내 머리 위를 뛰어넘었어. 그렇게 훌쩍 방 한복판으로 내려오자마자 나를 돌아보며 언짢은 표정으로 이빨을 드러내고 으르렁거리는 거

---

* 창문 위 또는 벽의 위쪽 사이에 가로지르는 인방. 창이나 문틀.

야. 나는 발끈해서 비를 휘두르며 고양이를 뒤쫓았지만, 아무리 애써도 굉장한 속도로 방 안을 뱅글뱅글 도는 고양이의 몸에는 비의 끝조차도 닿지 않았어. 악착같이 쫓아다녔더니 고양이의 몸이 두둥실 공중에 떠올라 어느새 상인방 위를 따라 날고 있더군. 건너편의 상인방에 달라붙었다가 순식간에 또 다른 상인방으로 쓱 옮겨가서 더그매(지붕과 천장 사이의 공간. 지붕 밑)에 커다란 원을 그리며 머리 위를 휙휙 날아다녔지. 고양이를 어떻게 하려고 한 건 아니지만, 연신 눈앞에서 알짱거리는 녀석을 어떻게 해서든 떨어뜨리려고 안달했어. 얼마나 그러고 있었을까. 숨을 헐떡거리는 내게 고양이는 보란 듯이 상인방을 이쪽저쪽 옮겨가며 찍찍 오줌을 갈겼어. 이번에는 기필코 잡으리라 다짐하고 머리 위로 냅다 휘두른 비 끝이 고양이의 몸에 닿을락 말락 하더니 갑자기 무거운 느낌이 들었어. 고양이가 비 끝에 꼭 달라붙어 있었던 거야. 무게가 대단히 묵직해서 들고 있을 엄두가 나지 않더군. 결국 비의 한쪽 끝을 다다미 위에 툭 떨궜고, 고양이는 기세등등하게 빗자루 쪽으로 한 발 한 발 다가왔어. 평소의 나였다면 놀라서 내팽개쳤겠지만, 그 순간만큼은 빗자루를 꽉 쥔 채 가만히 고양이가 다가오기를 기다렸어. 내 딴에는 당차게 나섰건만 고양이는 한참이 지나도 비 위로 올라오지 않았어. 그저 뾰족한 비 끝에 고개를 들이밀고 가만히 있을 뿐이었지. 그래서 방심

했던 모양이야. 정신이 번쩍 들었을 때 고양이는 원래의 무서운 속도로 좀 전에 닥닥 긁던 미닫이문 쪽으로 휙 날아가더니, 그대로 종이를 뚫고 복도 밖으로 나가버렸어. 가만히 멈춰 서서 미닫이문이 조금이라도 찢어진 곳을 찾았겠지. 고양이가 나간 뒤 나는 방 안에 앉아서 단단히 각오했어. 돌발 상황이 생겨서 자칫 일을 그르칠 수도 있으니, 기회가 올 때까지 기다리기로 했지. 두 노인을 죽일 때는 아무렇지도 않았지만 그 딸의 목을 감싸 쥘 때는 좀 주저했어. 고양이를 상대한 경험이 없었다면 실패했을지도 몰라. 우유 장수의 차 소리가 나는 것 같군. 벌써 날이 샜나?"

다시 일어나서 미닫이창을 열었다. 바깥의 바람이 물 흐르듯이 창을 타고 넘어와 머리맡이 선득선득했다. 책상 서랍을 뒤지더니 엄지손가락만 한 금붕어가 새겨진 붉은 돌을 가지고 머리맡으로 되돌아와서는 내 손에 쥐여주었다.

"너는 어차피 의도치 않게 이 일에 말려든 거니까 나중에 대충 설명하면 잘 해결될 거야. 굳이 나를 위해 변호해주지 않아도 돼. 너를 난처하게 해서 정말 미안해. 용서해줘. 그리고 이 금붕어는 절대 뺏겨서는 안 돼. 이제 곧 날이 밝겠는 걸. 팽나무 두 그루의 꼭대기가 환해졌어."

그리고 또다시 차분하게 담배를 피우더니 반쯤 남은 꽁초를 재떨이 위에 놓고 "잠깐"이라고 말한 뒤 이부자리로 다가

와 자신의 발을 들이밀었다.

놀라서 일어나려는 내 몸을 내리누르며 자신의 얼굴을 내게 들이대고 한 손으로 내 몸을 부둥켜안았다. 그리고 그 상태로.

"그럼 잘 있어. 정말로 안녕"이라고 웅얼거리고는 내 몸을 감은 손을 탁 풀고 이불 밖으로 기어 나가 일어서더니 종종걸음치며 사다리 계단을 내려갔다.

발소리는 사다리 계단 아래에서 사라졌고, 뒷일은 모르겠다. 멀리서 전차 달리는 소리가 들리는 것 같았다. 나는 손의 온기로 따뜻해진 마노금붕어를 바라보며 여전히 꼼짝도 할 수가 없었다.

4. 꽃석류 *punica granatum pleniflora*

해 질 녘에 현관문 열리는 소리가 나서 나가보니, 비백 무늬(붓으로 살짝 스친 듯한 잔무늬) 옷을 입은 젊은 남자가 봉당에 서 있었다.

4~5일 전에 온 하녀의 이름을 대며 잠깐 만나고 싶다고 했다.

"그 아이와는 어떤 관계시죠?"

"같은 고향 사람입니다. 고향에서 보내온 전갈이 있는데, 잠깐 만날 수 있을까요?"

"지금 집에 없어요."

"그런가요? 그럼 밖에서 기다리겠습니다. 혹시 제가 만나지 못하면 나중에 말씀 전해주세요."

그러고는 격자 미닫이문을 닫고 나가더니 본인이 말한 대로 문간에 가만히 서 있다. 몹시 조잡한 비백 무늬는 그의 뻔지르르한 얼굴과 전혀 어울리지 않았다. 땅거미가 드리워진 문밖으로 보이는 흰 비백 무늬가 아른아른했다.

2층으로 올라가서 등불을 켰다. 아직 벽도 마르지 않은 새 집을 빌렸으므로, 전깃불을 켜자 다다미도 천장도 미닫이문도 깜짝 놀랄 만큼 환해졌다. 나무 냄새와 벽토壁土 냄새가 방 안에 가득했다. 담배를 한 모금 빨았을 때 또다시 아래층에서 소리가 나서 내려갔더니, 아까 그 남자가 현관에 들어와 있었다.

"아직 돌아오지 않았습니까?"

"볼일을 보러 나갔으니 돌아오려면 아직 멀었어요."

"어디로 갔나요?"

"어디로 갔든 무슨 상관이지?"

남자는 그 뒤로 입을 다문 채 꼼짝 않고 우두커니 서 있었다.

현관의 전등을 켜자 별안간 주변이 밝아져서인지 게슴츠레한 눈으로 머뭇머뭇 뜸을 들였다.

"아직 돌아오지 않았다니까"라고 재차 말하자 뭔가 뒤숭숭한 태도로 인사했으나, 이내 얼굴을 들고 다시 내 눈을 보았다.

"정말입니까?"

"그렇대도."

"이상하네."

"못 믿겠으면 돌아올 때까지 거기서 기다리든가."

"예, 그렇게 하겠습니다."

나는 다시 2층으로 올라갔으나 아무래도 심란했다. 조심성이 부족했던 것 같기도 하다. 집사람이 아이를 데리고 시골에 가는 바람에 하녀가 돌아오기 전에는 저녁도 먹을 수 없다. 내심 하녀가 빨리 돌아오길 바라면서도, 한편으로는 아래층에서 기다리고 있는 이상한 남자를 만나지 않기를 바랐다. 잔뜩 찌푸린 장마철의 하늘이 차양 위에 내려앉아 있었다. 어둠이 깊어질수록 창문 너머로 보이는 이웃집의 정원수가 짙은 색으로 우거져 보였다.

그때 부엌문 쪽에서 소리가 나서 서둘러 내려가 보았으나 하녀가 돌아온 것은 아니었다.

현관으로 돌아가서 보니 아까 그 남자도 없었다. 뒷문이 활짝 열려 있는 걸로 보아 잠깐 밖으로 나갔거나 말없이 돌아간 것 같기도 하다. 아니면 길에서 기다리다가 하녀를 만났을 수도 있다. 조바심이 나서 집 안에 등불을 켜둔 채 집 주변을 돌아다녔다.

새집이어서 가끔 기둥 여기저기에서 삐걱삐걱 소리가 났다. 그런데 하필 사다리 계단 아래에 있을 때 느닷없이 머리 위에서 '끼익' 하는 소리가 들려서 덜컥 놀랐다. 그 순간 뒷문의 맹장지가 열리더니 하녀가 얼굴을 내밀었다.

핏기 없는 푸석푸석한 얼굴이 섬뜩했지만, 한편으로는 너무 아름다워서 눈을 뗄 수조차 없었다.

"다녀왔습니다"라며 무릎을 꿇은 채 나를 쳐다보며 말했다.

"필요한 건 빠짐없이 다 샀어?"

"네, 늦어서 죄송합니다."

이상한 남자가 찾아왔었다고 말하기가 거북해서 그냥 2층으로 올라갔다. 아래층에서 들리는 덜그럭거리는 소리에 가만히 귀 기울이자 형언할 수 없이 즐거웠다. 불과 며칠 전에 일자리 중개인이 알선해준 하녀는 말수도 적고 얌전하며 사근사근했다. 아까 비백 무늬 옷을 입은 남자가 찾아온 이후 더더욱 그렇게 확신했던 것 같다.

식사 준비가 다 되었다기에 거실로 내려갔다. 구색을 맞춰 차린 밥상은 정말이지 훌륭했다.

술을 마시고 하녀의 얼굴을 보는 동안 기분이 좋아져서는,

"아까 비백 무늬 옷을 입은 남자가 두세 번 찾아왔었어"라

고 술술 털어놓았다.

"아는 남자니?"

"예, 분명 그놈일 거예요."

"싫어하는 놈이구나."

"혹시 무례하게 굴던가요?"

"그런 건 아니지만, 대체 그놈 정체가 뭐야?"

"고향 사람입니다."

"너를 왜 찾아온 거지?"

"전갈이라도 전하러 왔겠지요."

"거참, 똑같은 소릴 하는군. 혹시 밖에서 만나고 오는 길이야?"

"아니요."

"그렇다면 나중에 또 찾아올지도 몰라. 오면 어쩌지?"

"부엌 문간에서 잠깐 얘기하고 곧장 돌려보내겠습니다."

"집 비우지 마."

하녀는 내 얼굴을 정면에서 물끄러미 바라보면서 입도 벙긋하지 않았다. 그 모습이 특히 고상하고 우아해 보여서 점점 기분이 들떴다.

"어때, 한잔 마실래?"

"네, 뭐."

굵은 빗방울이 후드득후드득 처마를 두드리는 소리가 나

더니, 금세 억수같이 퍼부었다.

한밤중에 캄캄한 방에서 잠을 청하던 중 문득 숨쉬기가 거북해서 잠 못 이루고 이리저리 뒤척이다가 눈을 떴다. 잠자리에서 기어 나와 2층 툇마루의 덧문을 열었다. 어느새 비는 그쳤으나 야심한 밤에 처마 가까이 희뿌연 하늘이 펼쳐지고, 정원수 그늘에도 가물가물한 빛이 흘렀다.

그때 느닷없이 흰옷을 입은 사람이 움직여서 흠칫 놀랐다. 숨을 죽이고 유심히 보니, 하녀가 잠옷 차림으로 마당을 걸어다니고 있는 듯했다.

뭘 하는 건지는 모르지만 방금 나온 것 같지는 않았다. 비가 개서 축축이 젖은 마당을 침착한 걸음걸이로 돌아다녔다. 조금 전 내가 2층 툇마루의 미닫이 덧문 여닫는 소리가 들렸을 텐데, 전혀 눈치채지 못한 양 가끔 정원수의 작은 가지 끝을 공연히 잡아당기는 것이 보였다. 잎 사이에 고인 차가운 빗방울이 핏기 없는 매끈매끈한 피부의 등줄기를 따라 흘러내리는 것이 느껴졌다.

그런 일로 늦잠을 잔 탓에 아침 늦게 일어나 세수하러 아래층으로 내려가려는데, 말소리가 들려서 잠시 멈춰 섰다. 호기심이 발동해서 소곤거리는 그 이야기를 엿들으려고 귀를 쫑긋 세웠으나 헛수고여서 개의치 않고 다시 내려갔다.

현관의 다다미 세 장 크기의 맹장지를 활짝 열어젖힌 채 하녀가 어제 왔던 남자와 마주 앉아 있다. 남자는 역시나 비백 무늬 옷을 입었는데 내 발소리를 듣고 자세를 고쳐 앉았는지 공손히 무릎 위에 두 손을 올려놓고 어색하게 앉아 있었다.

"여기 좀 잠깐만 빌리겠습니다"라고 하녀가 말했다.

언제부터 이야기했는지 모르나 왠지 복잡한 이야기인 듯했다.

부엌으로 나가려는 낌새를 눈치채고 하녀가 자리에서 일어나서 따라왔다.

"세수하시겠습니까?"라며 놋대야를 꺼내고 시중들려는 하녀를 말리면서,

"괜찮아, 하던 얘기나 마저 해"라며 자리로 돌려보냈다.

멍한 기분으로 세수를 하고 그대로 부엌의 계단 입구에 걸터앉았다. 이른 아침부터 머릿속이 몽롱한 데다 종잡을 수 없는 일로 마음이 조급하고 뒤숭숭했다. 어젯밤 그쳤던 비는 새벽녘부터 다시 내리기 시작했는지, 요란한 낙숫물 소리가 집 주위를 에워싼 탓에 뒷문에서 가까운 바로 옆집 소리도 들리지 않았다.

그때 하녀가 평소보다 더 창백한 얼굴로 우두커니 서 있기에 깜짝 놀라 일어났는데 왠지 가슴이 두근거렸다.

"세수는 끝나셨습니까?"

"응."

"그럼 바로 식사 준비를 하겠습니다."

"방금 왔던 그 사람은 어쩌고?"

"하는 수 없지요."

"아직 안 갔어?"

"현관에서 잠시 생각하고 있어요"라고 하면서 방긋 웃는 얼굴이 비할 데 없이 아름다웠다.

"혼자 내버려둬도 괜찮아?"라고 묻자,

"알아서 돌아가겠지요"라며 또다시 내 얼굴을 보면서 웃었다.

2층으로 올라가려고 다시금 현관 옆을 지나갔다. 아까 그 남자는 원래 앉아 있던 방향 그대로 가만히 무릎에 손을 올려놓은 채 고개를 숙이고 있었으나, 내 발소리를 듣고는 갑자기 얼굴을 들었다.

"대단히 실례 많았습니다"라고 깍듯이 인사하더니 벌떡 일어나 봉당으로 내려가서 재차 공손하게 인사하고 종종걸음쳐서 빗속으로 나갔다.

외출해서도 온종일 그 일이 꺼림칙해서 마음이 편치 않았다. 집을 비웠을 때 또 그 비백 무늬 옷을 입은 남자가 와 있는 건 아닌지 걱정이 되었다. 대수롭지 않게 여기려 하자 하녀의 창백한 웃는 얼굴이 떠올랐다.

날이 어두워진 뒤 밖에서 저녁을 먹고 돌아왔다. 온종일 내리던 비는 저녁부터 한층 더 심해졌다. 집 안으로 한 걸음 들어갔더니 날씨 탓인지 내 기분도 덩달아 찌뿌둥했다. 다다미도 눅눅하고, 얼마 전 새로 칠한 벽은 손가락으로 누르자 쑥 들어갔다.

양복을 벗으면서 주변을 둘러보았으나, 아무래도 집을 비운 사이 누군가가 온 것 같지는 않다. 하녀의 얼굴이 젖어 있었다. 찌뿌둥한 날씨 때문만은 아닌 듯하다. 기모노로 갈아입고 앉았더니 밖에서 들리던 빗소리가 일순간 싹 그쳤다. 그와 동시에 집 안이 쥐 죽은 듯 고요해졌다. 가끔 어디서 불어왔는지 모를 묵직한 바람이 집 안을 지나 맹장지와 미닫이문에 닿을 적마다 둔탁한 소리가 났다. 마음이 뒤숭숭하고 말하기도 귀찮아서 그냥 잠자코 있었다. 차를 가져온 하녀가 내 앞에 무릎을 꿇었다.

"주인어른"이라고 하며 내 얼굴을 말똥말똥 쳐다보았다.

"무슨 일이야?"

"다름이 아니라, 앞으로도 쭉 이 댁에서 저를 쓰실 건지요."

"우리 집에 있어도 괜찮은데, 왜?"

"고향에서 잠시 돌아오라고 합니다만, 돌아가기가 싫어서요."

"그 남자가 그 말을 하러 온 거야?"

"아닙니다."

오늘만큼은 그 남자 얘기를 하기가 싫어서 그쯤하고 이야기를 끝냈으나, 2층의 내 방으로 돌아가서도 어쩐지 마음에 걸려서 다시 아래층으로 내려가고 싶은 것을 꾹꾹 참았다.

어젯밤보다는 일찍 잠자리에 들었으나 꿈이 끝날 때쯤이면 언제나 쫘쫘 비 내리는 소리가 났다.

한밤중에 또 잠이 오질 않아서 잠자리에서 기어 나왔다. 어젯밤 모습 그대로 처마에 드리워진 희끄무레한 밤하늘 아래에 우거진 정원수가 검은 연기처럼 뭉게뭉게 퍼져 있다. 나뭇잎 그늘에서 군데군데 작은 물체가 반짝였다. 원통 모양의 석류나무 꽃이 왠지 힐끔거리며 쳐다보는 것 같아 무서웠다. 그런데 유심히 보니 휘황찬란한 빛이 '후우' 하고 불어서 끈 듯 홀연히 사라졌다.

어둑어둑한 하늘의 공기를 들이쉬자 배 속이 얼얼하도록 차가워졌다. 비몽사몽 중에 분명 뭔가가 칼등처럼 날렵하게 움직인 듯해서 신경이 곤두섰다. 역시 건너편에서 움직이고 있는 그림자는 잠옷 차림의 하녀였다. 어젯밤과 마찬가지로 우거진 나무 사이를 걸어 다니며 가끔 작은 가지를 잡아당겨 비가 갠 뒤 맺혀 있는 물방울을 떨어뜨렸다. 어스레한 어둠 속에서 흰 유카타를 입은 뿌연 뒷모습이 평소보다 상당히 커 보였다.

우치다 햣켄 기담집

그 후 잠자리로 돌아와서도 좀처럼 잠들지 못하고 꾸벅꾸벅 졸다가 삐끗하면서 화들짝 잠에서 깼다. 결국은 창밖으로 희미하게 동이 트기 시작할 때까지 깨어 있었으나, 이내 곯아떨어졌다. 잠에서 깨자 희미한 빛이 탁한 물처럼 주변에 고여 있어서 아침인지 저녁인지 헷갈렸다.

아래층으로 내려가려고 복도로 나왔을 때 우거진 정원수 사이로 비백 무늬 옷이 힐끗힐끗 보였다. 황급히 아래층으로 내려가 툇마루의 미닫이문을 열었더니 정면에 보이는 큰 석류나무의 밑가지에 그 젊은 남자가 매달려 있었다. 하녀를 찾았으나 내 방도 부엌도 깔끔히 정리하고 온데간데없이 자취를 감췄다.

5. 주황색 등불

아들이 죽기 전 병을 앓고 있었을 당시, 일손이 부족해서 고용했던 파출부가 찾아와서는 자기 집에 함께 가달라고 부탁하기에 따라갔다.

코앞이라더니 평소에 별로 지나갈 일이 없는 고급 주택가의 모퉁이를 잇달아 돌고 돌아서 양쪽에 집들이 늘어선 휑한 길을 끝없이 걸어갔다.

파출부는 별로 말이 없었으나, 나란히 걸어가는 동안 그 편안한 숨소리를 들으니 내 마음도 저절로 풀렸다. 어느덧 해가 저물기 시작해서 어두운 하늘 아래 우리가 지나가는 길만 건너편까지 하얗게 뻗어 있었다. 그러나 얼마 후 길 위에도 어둠이 내려앉아서 멀리 길 양쪽에 자리한 지붕이 낮은 집들에 듬성듬성 켜진 등불이 반짝반짝 날카롭게 빛나는 것이 보였다.

아직 멀었냐고 물어볼까 했으나 공연히 알랑거리는 꼴이라 굳이 묻지 않고 잠자코 있었더니, 파출부에게도 그 마음이 통했는지 전보다 한층 더 숨소리가 고른 것 같았다.

걸어갈수록 길가의 불빛은 점점 낮아지고 주변만 가늘게 비추는 작은 빛이 모퉁이마다 반짝거렸다.

막다른 길의 정면에 보이는 대단히 큰 문을 열고 들어가자, 현관은 대낮처럼 환했다.

칸막이 그늘에서 나온 우울한 표정의 학생이 옷매무새를 가다듬고 마루에 똑바로 앉았다.

뒤에 있던 파출부가 내 옆을 지나쳐 앞으로 나왔다. 그리고 현관 마루로 올라가자마자 몸을 비스듬히 비튼 자세로 앞장서서 나를 안내했다.

내가 지나간 뒤로 학생이 일어나는 인기척이 났다. 그러고는 내 뒤에 바짝 붙어서 따라오는 듯했다.

긴 복도를 지나가자 널찍한 마당이 나타났고 그 한쪽에 희미하게 빛이 비쳤는데, 나무는 한 그루도 없고 사람이 반쯤 일어선 높이의 동그스름한 정원석들만이 우두커니 서 있었다.

내가 응접실의 의자에 앉자 파출부와 학생은 응접실 입구에서 나를 향해 인사한 뒤 문을 닫고 어디론가 가버렸다.

천장이 높은 서양식으로 지은 방의 벽에는 바닥까지 닿는 매우 긴 주련판이 걸려 있었다. 얼룩 같은 연한 먹빛의 글자가 보였지만 알아보기가 힘들었다.

주변은 쥐 죽은 듯이 고요했지만 뭔가가 열심히 움직이는 기척이 났다.

그때 키가 큰 하녀가 차를 가져와서 공손하게 인사한 뒤 정색하고 내 모습을 머리끝에서 발끝까지 훑고 갔다.

이윽고 파출부가 오더니 남편이 인사드리러 왔다고 했다.

그렇게 파출부가 나간 뒤로는 방 안에서든 밖에서든 작은 소리조차 들리지 않았다.

큰 의자에 앉아 있던 나는 괜스레 엉덩이를 옴찔옴찔 들썩거리며 좌불안석했다.

그 순간 멀리 어느 방향에선가 '쿵쿵 땅' 하고 두드리는 소리가 들리고 그 진동이 발바닥에서 머리카락까지 전해졌다.

이내 소리가 멎고 원래대로 쥐 죽은 듯이 고요해졌는데, 또다시 고요한 복도에서 '쏴쏴' 하고 물 흐르는 소리가 났다.

그때 느닷없이 문이 열리고 하카마를 입은 눈이 먼 요괴

오보즈大坊主*가 성큼성큼 방에 들어왔다.

너부데데한 얼굴 가득히 싱글벙글 웃음이 번졌다. 손에 닿은 의자에 앉아서 고개를 돌린 채 내 눈치를 살피는 듯했다.

방 주변을 감으로 빙 둘러 살펴보고는 다시 침착한 얼굴로,

"어서 오세요"라고 했다.

잘 알아듣지는 못했으나 귀에 익은 말투여서 깜짝 놀랐다.

"저희 집에는 처음 오셨죠?"

파출부의 남편인 듯싶은데 뭐라고 인사해야 좋을지 몰라서 머뭇머뭇했더니, 상대방은 잠자코 있다가 태연자약한 태도로 한쪽으로 얼굴을 돌린 채 끝까지 마냥 싱글벙글했다.

그때 문이 열리며 곱게 화장하고 요염한 옷을 입은 파출부가 들어왔다.

"기다려 주셔서 감사합니다"라며 맹인의 손을 잡고 내게 눈짓을 했다.

맹인인 남편은 파출부의 손을 뿌리치고 혼자 벌떡 일어나더니 슬쩍 미소를 흘리며 걸어갔다.

파출부가 그 옆에 찰싹 붙어서 방을 나갈 때 재차 내게 눈짓으로 신호했다.

---

* 일본 각지의 민속자료와 고서에 등장하는 커다란 중 모습을 한 요괴.

그게 무슨 뜻인지 알 수 없었지만 일단 뒤따라가기로 했다. 불빛이 희미하게 비치는 복도가 한없이 이어지더니 이윽고 조금씩 앞이 낮아지며 발밑이 푹푹 꺼졌다. 복도의 양옆은 벽이었다. 파출부의 남편은 내리막길인 복도를 앞장서서 냅다 달려가고 파출부는 그 뒤를 쫓아갔다. 그러다 점점 뒤처져서 혼자 남겨질 뻔했으나 두 사람의 뒷모습을 놓치지 않으려고 서둘러 따라갔더니, 복도의 경사가 더욱 가팔라지고 집 안인데도 어디선가 바람이 새어 들어왔다.

갑자기 건너편이 밝아지더니 미닫이문 안쪽으로 노란 등불이 눈부시게 비치는 방이 보이고, 앞서 도착한 두 사람이 그 앞에 그림자처럼 서 있었다.

내가 오기를 기다렸다는 듯 파출부가 무릎을 꿇고 다소곳이 미닫이문을 열자, 안에서 눈부신 주황색 불빛이 흘러나왔다. 방 안에 뭐가 있는지 보았지만, 다다미의 결이 등불의 빛을 아름답게 반사해서 도코노마에 걸린 뽀얀 족자 중간쯤에 그려진 목이 긴 새 한 마리가 어른거릴 뿐이었다.

안으로 들어가서 자리에 앉자, 젊은 여자가 쉴 새 없이 갈마들면서 상과 술을 내오더니 술을 따르고 요리를 날랐다. 파출부는 남편 옆에 앉아서 술자리 시중을 들었다. 눈앞은 밝고 화려했으나, 툭하면 이야기가 끊겨서 무슨 맛인지도 모른 채 음식을 먹었다.

주위에서 대체 무슨 일이 일어나고 있는 건지 종잡을 수가 없고 분위기도 뒤숭숭했으나 어렴풋이 괴괴한 밤이 이슥하다는 사실만은 분명했다.

어딘가에 바람이 스치는 소리가 날 적마다 주황색 등불이 잦아들었다 살아났다 했다. 걸어갈수록 넓어지던 뿌연 길이 이따금 마음속에 떠올랐고, 불빛의 색도 아까 보았을 때보다 더 생생했다.

파출부의 남편은 마냥 같은 모습으로 상 앞에 앉아 있다. 내 앞의 상은 가지각색의 음식들로 새로 채워졌고, 이따금 아름다운 여자가 서거나 앉아서 대접해주었다. 상다리가 휘어지도록 차린 술상 앞으로 고꾸라질 뻔했으므로 자리에서 일어나 복도로 나가려고 하자, 파출부의 남편이 온화한 미소를 지으며 새로이 내 잔을 들어 올렸다. 그 모습이 말없이 나를 붙드는 듯해서 자리를 떠날 수도 없었다.

어디에선가 어렴풋이 목소리가 들려서 화들짝 놀랐다. 다시 들으려고 귀를 기울였더니 여러 사람의 목소리가 뒤섞여 알아들을 수가 없었으나, 흥겨워서 재미있게 떠들며 가끔 박수도 치는 것 같았다.

그 시끌벅적한 소리에 정신이 팔려서 덩달아 흥분했다. 여러 사람의 목소리가 멀어졌다 가까워졌다 했는데, 그러고 보니 그 시끌벅적한 소리는 처음 듣는 것이 아닌 듯싶었다. 갑

우치다 햣켄 기담집

자기 파출부가 돌아와서 한쪽 미닫이문을 활짝 열어젖히자, 어두운 마당을 사이에 둔 건너편에 우리 방보다 더 환한 등불이 비추는 미닫이문이 보였다. 아무것도 자라지 않은 황폐한 마당이 그 빛을 받아서 군데군데 물처럼 빛났다.

미닫이문 건너편에는 활기찬 사람들이 모여 있는 듯했는데, 가끔 창호지에 비쳤다가 사라지는 그림자는 방 안의 분위기에 어울리지 않게 흐릿해서 확인할 수가 없었다.

또 어딘가에서 여러 사람의 목소리가 들리기에 마당 쪽으로 상체를 쑥 내밀고 보니 아득히 먼 건너편의 'ㄱ'자로 꼬부라진 곳에도 주황색의 밝은 미닫이문이 있고, 그 끝에도 또한 환하게 불을 밝힌 방이 보였다. 심지어 이쪽에서 보이지 않는 곳에도 그런 방들이 여기저기 있는 듯했다.

파출부의 눈 먼 남편이 자는 건지 아니면 생각하는 건지 얼굴을 숙이고 있다. 파출부는 자리에 없었다. 건너편 방에서 소리가 난 것 같았으나, 그 후로는 들리지 않았다.

가끔 지붕의 용마루를 스치는 바람 소리를 들으면서 한없이 어두운 마당 맞은편의 환한 미닫이문을 바라보았다. 차츰 마음이 차분해지면서 앞뒤 상황이 전혀 맞지 않는 것 같기도 했다. 하지만 그동안 유일하게 확실했던 기억마저 가물가물하니 답답해서 미칠 지경이었다.

유슈칸

오후부터 내리던 비가 갑자기 그쳤다.

그러나 주변은 아까보다 더 어두워지고, 구름이 차양 바로 위를 무겁게 짓누르고 있었다.

갑자기 현관에서 큰 목소리가 나기에 나가보니, 봉당의 검은 흙바닥 위에 이상한 포병 대위가 서 있었다.

"노다 선생님 계십니까?"

대위는 그렇게 묻고는 고개를 숙였다.

그리고 장화를 벗고 방으로 들어왔다.

"무슨 일이신지요?"라고 묻자, 대위의 누런 얼굴과 푸르스름한 볼 언저리가 촉촉하게 반짝였다.

"이번에 도쿄로 전보 발령을 받고 선생님을 찾아왔습니다."

그러나 나는 대위와 일면식도 없었다.

"도쿄도 많이 변했군요. 이 근처도 완전히 달라졌어요. 선생님께서는 늘 안녕하시지요?"

"응, 고맙네."

나는 어물쩍 대답했다. 대위는 노란 손바닥으로 연신 방 안 곳곳을 여기저기 어루만졌다.

"앞으로도 많은 지도 부탁드립니다. 실은 어제 구단언덕九段坂에서 뵈었습니다."

놀란 나는 대위의 얼굴을 보았다. 어제는 온종일 집 밖에 나가지 않았다. 그보다 '구단언덕'이라는 말을 듣는 순간, 왠지 가슴이 철렁하며 불쾌해졌다.

대위는 쌀쌀한 눈빛으로 하염없이 나를 응시했다. 차츰 몸이 오그라들고 으스스하며 가슴이 콩닥콩닥했다.

이윽고 어디선가 노래 부르는 소리가 들렸다. 그러나 남자 목소리인지 여자 목소리인지 분간할 수 없었다. 아니면 노랫소리가 아니라 우는 소리일까.

그러자 대위의 표정이 점점 바뀌는 듯했다. 좁은 이마가 창백해지고 뺨의 광채도 싹 가셨다.

갑자기 공포심이 밀려와 소리를 지르려 했으나, 목이 잠겨서 말을 할 수 없었다.

엄청난 빗소리에 놀라서 문득 정신을 차리고 보니 얼굴부터 목덜미까지 땀이 비 오듯이 흐르고 있었다. 천장 어딘가에서 똑똑 비새는 소리가 났다. 좀 전의 그 대위는 없었으나 인기척은 남아 있었다. 벌떡 일어나려 했던 대위의 무서운 모습이 여전히 눈앞에 아른아른했다.

사납게 휘몰아치는 바람 속을 걸어 유슈칸遊就館*으로 갔다. 거센 바람에 휩쓸려 비굴하게 납작 엎드린 듯한 구단 언덕은 어디가 비탈인지 알 수 없었다. 그렇게 유슈칸 입구에 다다르자 그 앞은 대포알과 말 다리로 가득했다.

나는 그 위를 밟고 서둘러 입구 쪽으로 갔다. 거꾸로 서 있는 말 다리가 여기저기서 팔딱팔딱 뛰었다. 그것을 밟고 가는 느낌이 묘하게 부드러워서 말의 넓적다리라 그러겠거니 했으나, 희한하게 대포알을 밟아도 역시 물렁물렁했다.

유슈칸의 문지기에게는 귀가 없었다. 그 옆을 지나쳐 안으로 들어갔으나, 칼과 갑옷은 하나도 없고 천창까지 닿는 커다란 유리장 속에 군복을 입은 시체가 옆으로 줄지어 켜켜이 포개져 있었다. 냄새가 너무 역해서 서둘러 돌아가려는데, 입구에 서 있는 귀 없는 파수꾼 두 명이 양손으로 열심히 귀 주변을 긁고 있었다.

정신없이 밖으로 도망쳐 나와 뒤를 돌아보았더니, 전신주

---

* 1882년에 설립한 야스쿠니 신사 경내에 있는 전쟁 박물관. 1945년에 폐관했다가 1986년에 다시 개관했다.

10개를 이은 정도의 길이에 폭이 구단언덕만 한 커다란 대포
가 서쪽 하늘로 포문을 열고 엷은 연기를 토해내고 있었다.

기무라 신이치가 시골 여학교에 부임한다고 해서 이별주
를 마시기로 했다.

구단 언덕 아래에 있는지조차 몰랐던 골목 안의 요릿집으
로 기무라를 따라갔다. 나는 금세 취했다. 얼굴이 시뻘게진
기무라도 안경을 벗었다.

"Ich ging einmal spazieren(산책을 다녀왔네). 약간 흥분해
도 되지요. 훈, 훈카. Mit einem schönen Jungen(예쁜 사내
아이를 낳았네)." (독일의 민속 가곡)

그는 이상한 걸음걸이로 일어서려고 했다. "앗, 큰일 났다.
훈, 훈을 까먹었어."

"어어, 그래서." 나는 확인 삼아 물었다. "언제 떠나세요?"

"29일이요. 오늘이 27일이니까 하루 더 있다가 모레요."

"그렇게 빨리요?"

"빠르긴요."

"빨라요."

"빠르지 않아요."

"늦지는 않겠지요."

"늦어요."

그는 표정이 돌변하더니 내게 맞서려고 했다.

그와 동시에 맹장지가 확 열리며 포병 대위가 들어왔다. 그는 성큼성큼 앞으로 가서 상석에 앉더니 내게 인사했다.

"한잔 마실까요?"

대위는 내게 한잔 마시라고 재촉하면서 물끄러미 기무라의 얼굴을 응시했다.

"맛이 어떠세요"라며 갑자기 기무라가 술잔에 술을 따라 대위에게 건넸다. 한동안 둘이서 술잔을 주고받으며 연달아 마셨다.

나도 그 모습을 보면서 혼자 술을 따라 연거푸 마셨다.

"이보게, 기무라." 내가 말하고도 목소리가 너무 커서 스스라치게 놀랐다. "이 대위는 정말 이상한 사람이야."

"노다 선생님." 대위가 온화한 말투로 불렀다. "그렇게 말씀하시면 안 됩니다. 오늘 처음 뵌 기념으로 한잔 어떠세요."

그러고는 내 술잔에 술을 따른 뒤 샛노란 손을 이상하게 휘저었다.

"노다 씨" 하고 이번에는 기무라가 소리를 질렀다. "유쾌하군. 이제 도쿄와 안녕이지만, 그래도 유쾌해."

"드시죠. 거나하게 마십시다." 대위가 엉거주춤 일어나며 말했다.

"오늘 밤의 이별주는 제가 사겠습니다."

이윽고 세 명 모두 일어섰다.

우리는 대위의 자동차를 타고 어스름한 거리를 끝없이 달렸다. 그러는 동안 차창 밖으로 보이는 다양한 형체가 점차 가물가물하더니, 잠시 후 차가 밝은 현관 앞에 섰다.

어느 샌가 우리 앞에 요리가 차려지고, 아름다운 기생이 술을 따랐다. 대위는 내 얼굴을 빤히 보면서 일어섰다. 그리고 발로 괴상하게 장단을 맞추더니 이따금 짝짝 손뼉을 치며 노래를 불렀다.

그 순간 비가 요란하게 쏟아지던 날 어딘가에서 대위의 노래를 들은 것 같다는 생각이 뇌리를 스쳐서 주변을 둘러보았다. 활짝 열어젖힌 툇마루 건너편이 시커멓다.

그런데 대위가 별안간 추던 춤을 멈추고 앉더니 노란 손을 뻗어 내 목을 감싸 안으려고 했다.

"어머, 어머"라며 기생이 그 손을 뿌리쳤다. "차림표에 목이버섯, 연대기는 사다리계단. 그만두세요"라고 횡설수설하며 과장된 몸짓을 했다.

그 후로 술을 얼마나 더 마셨는지 기억나지 않았다. 어두운 마당 안쪽이 군데군데 깜빡깜빡하며 빛났다.

기생이 점점 아름다워 보였다. 그러나 어쩌다가 일어섰을 때 보니 키가 너무 커서 머리가 천장에 닿을 듯했다.

기무라는 아까부터 앉은 채로 고개를 앞으로 숙여 곯아떨어져 있다.

"어이, 어이." 대위가 갑자기 무서운 목소리로 불렀다. 기무라는 어깨를 실룩실룩했다.

"어이." 또다시 대위가 말했다.

기무라는 새파랗게 질린 얼굴로 고개를 들더니 그 자리에 우뚝 섰다.

대위가 나를 휙 돌아보며 말했다.

"노다 선생님. 저승에서 모시러 왔습니다."

그러자 기생이 허둥지둥 일어서서 내 어깨를 잡아 객실 밖으로 데리고 나갔다.

나를 태운 자동차는 시커먼 강 위를 달렸다. 검은 물이 전후좌우로 깜빡깜빡 반짝이다가는 사라졌다.

밤새도록 바람이 사납게 불고 창문을 똑똑 두드리는 소리가 그치질 않았다. 나는 끊임없이 그 소리에 시달리면서 꾸벅꾸벅 졸았다. 그때 난데없이 아내의 입에서 짐승이 울부짖는 듯한 소리가 새어나와 잠에서 깼다. 잠든 아내는 눈가를 바르르 떨면서 살짝 벌어진 입술 사이로 띄엄띄엄 으스스한 소리를 냈다.

나는 황급히 아내를 깨웠다.

두 번 세 번 "어이, 어이"라고 불러보았다.

아내는 짐승 같은 소리로 대답했다.

나는 너무 당황해서 아내를 부르며 깨웠다. 한쪽 손을 뻗어 아내의 어깨를 잡고 흔든 순간, 아내가 정체 모를 목소리로 "갓" 하고 소리치더니 눈을 떴다.

"아아, 무서웠어요"라며 잠에서 깬 아내가 자리에 누운 채로 긴 한숨을 몰아쉬고는 손발을 덜덜 떨었다.

"무슨 일이야?"라고 물었다. 나도 무서워서 온몸이 덜덜 떨렸다.

"너무 무서운 꿈이어서 말하기도 싫어요."

"나쁜 꿈은 말하는 편이 나아."

"꿈이 엔간히 이상해야 말이죠. 내 옆에 시체가 누워 있었다니까요."

"누구 시체였어?"

"그건 몰라요. 얼굴은 정확히 기억이 안 나는데, 여하튼 큰 시체였어요."

"그래서 가위눌렸던 거야?"

"아니요. 그래서가 아니라 잠시 후에. 아우, 끔찍해."

아내는 손바닥으로 얼굴을 어루만졌다.

"잠시 후에 그 시체가 살짝 움직이더니 나한테 다가오며 손을 뻗는 거예요. 그래서 무섭고 가슴이 답답해서 소리를 지른 것 같아요."

"그다음은?"

아내의 이야기를 듣는 동안 점점 불안해졌다.

"그래서 도망치려고 몸부림쳤는데 몸이 움직이지 않아 죽어라 소리쳤어요. 그 시체가 천천히 일어나면서 나를 덮치려고 서서히 손을 뻗는 모습이 얼마나 끔찍하던지."

"그래서 어떻게 됐어?"

"내 어깨를 누르자마자 큰 소리가 나서 눈을 떴어요."

아내는 그제야 안심했는지 몸을 살짝 일으켰다. 그와 동시에 내 얼굴을 보고는 흠칫 놀라면서 말했다.

"어머, 얼굴이 새파랗게 질렸네. 무슨 일 있었어요?"

눈을 떴으나 아직 밤이었다.

나는 다시 잠을 청했다.

바람 소리는 점점 잦아들었다.

별안간 주변이 고요해져서 물속에 가라앉은 듯했다. 마침내 창밖이 희붐하게 밝아오고 있었다.

그러나 나는 여전히 잠들어 있었다.

그리고 잠을 자면서 생각했다.

대위도 시체도 분명 꿈이다. 시체는 아내가 꾼 꿈이고, 대위는 내가 꾼 꿈일 것이다. 그렇다면 기무라 신이치는 어찌되었을까. 어두운 마당이 딸린 그 요릿집의 객실에서 대위와 기생과 셋이서 무엇을 했을까. 짐작건대 기무라는 필시 대위에게 살해당했을 것이다. 아니면 그것마저도 누군가가 꾸던 꿈이던가. 그것도 아니라면 혹시 내가 먼저 누군가의 꿈속에서 살해당한 것은 아닐까. 그러나 남의 꿈에서 살해당했다면……. 모르겠다. 다행히 아내가 나에게서 냄새난다는 말은 하지 않았다.

그래서 생각해보니 이 손은 아닌 것 같다. 그럼 어느 손이었더라. 오른쪽이야, 오른쪽. 오른손만 줄줄이. 그나저나 구단언덕 울타리 위에 서서 보니 근사했어.

모든 손목에서 손가락이 움직인다.

움직이면 곤란해. 섬뜩해서 안 돼.

그러나 군대가 경례한다.

그쯤은 상관없다.

그만 생각하기로 했다. 마음을 비우고 푹 잤다.

기무라가 아침에 도쿄역에서 급행열차로 출발한다기에 시간 맞춰 배웅하러 갔다. 늦봄의 하늘은 화창했고, 시계탑 주위로 비둘기가 날았다. 출발할 시간이 다 되었는데도 기무라는 오지 않았다. 배웅하러 온 사람이 나만은 아니려니 했으나, 누가 오는지는 알 수가 없었다. 혹시 쇼센전차省線電車* 플랫폼으로 나오는 건가? 황급히 개찰구를 지나서 기차가 정차해 있는 곳으로 가보았다. 그러나 거기에도 기무라는 없었다.

배웅하러 온 인파 속에 내가 아는 얼굴은 한 명도 없었다. 나는 두세 번 북적이는 인파 속을 누비며 기차 끝에서 끝까지 걸어가보았다. 꽃다발을 들고 창 앞에 서 있는 사람이 있었다. 그 꽃다발 속에 섞여 있는 새빨간 꽃 두세 송이가 작은 불꽃처럼 조금씩 커졌다 작아졌다 하는 듯 보였다. 기차가 갑자기 움직이자 금세 앞이 밝아졌다. 그 바람에 기차가 사라진 선로 위로 고꾸라질 뻔했으나 간신히 힘주어 버텼다.

전차를 타고 종점에서 내려 조금 더 가면 막다른 길에 중화요릿집이 있는데, 덩치가 엄청나게 큰 중국인이 입구에 우두커니 서 있었다. 나는 안으로 들어갔다.

질퍽질퍽한 검은 땅의 휑뎅그렁한 봉당 안쪽에 방금 입구에서 본 사람과 비슷한 중국인이 가만히 서 있었다. 얼굴도 몸집도 좀 전에 본 중국인과 완전히 판박이여서 같은 사람인가 싶기도 했으나 그럴 리는 없었다. 그 중국인이 갑자기 생글생글 웃으며 내 옆으로 와 주문을 받았다.

나는 지저분한 의자에 앉아서 생각에 잠겼다. 모처럼 기분이 상쾌했건만 역시 착각이었던 모양이다. 기무라는 어째서 나타나지 않은 걸까. 그리고 이 집의 중국인도 마음에 걸렸다.

주문한 요리가 하나씩 나오기 시작했다. 아침부터 끼니를

우치다 핫켄 기담집

걸러서 배가 고팠던 터라 음식은 전부 맛있었다. 문득 중국술을 마셔보고 싶었다. 건너편 선반의 빨간 종이가 붙은 병에 '오가피주'라고 적혀 있다. 중국인에게 그 술을 달라고 했더니 없다고 했다. 그 옆에 파란 종이가 붙은 '뉴장고량주牛莊高粱酒' 병이 보여서 그 술이라도 달라고 했더니 역시나 없다고 했다. 그러더니,

"형님, 아침부터 배가 고파서 돌아왔어. 미인에게 인기가 있었지"라고 말하는 것이었다.

나는 잠자코 있었다.

"그런데 형님, 걱정거리가 있어. 자꾸 그 모습이 나타나. 가엾은 친구는 죽었을까?"

중국인이 싱글벙글하며 나를 내려다보았다.

구단언덕을 올라가자 신사 입구에 세워진 오토리이大鳥居(큰 기둥 문)으로 나뉜 하늘이 바다색처럼 아름다웠다. 양쪽에 줄지어 서 있는 벚나무 잎에서도, 줄기에서도 빛이 났다. 말끔히 쓸고 닦은 돌바닥 위를 밟고 유슈칸의 입구에 섰다.

"이리 와." 낮은 목소리가 들렸다.

놀라서 주위를 둘러봤더니 납작한 돌이 깔린 유슈칸 건너편에 헌병이 한 명 서 있었다. 내가 그쪽을 바라보자, 헌병은 재차 같은 투로 말했다.

"이리 와."

그러나 그렇게 말하는 헌병은 얼굴을 실룩이지조차 않고 왼발을 약간 앞으로 내민 채 아까부터 같은 자세로 우두커니 동상처럼 서 있었다.

그때 사냥 모자를 손에 든 어린아이 하나가 잔뜩 풀이 죽은 모습으로 자전거를 끌면서 내 옆을 쓱 지나 헌병 앞으로 갔다. 헌병은 휙 돌아서서 어린아이를 질질 끌고 건너편으로 가버렸다. 나는 입구에서 어떻게 할까 생각했다. 일단 이 안으로 들어가면 틀림없이 개운해지리라 생각했다. 그렇게 무서운 것이 있을 리 없다고 확신했다. 반면에 그래서 더더욱 이유 없는 집착이 심해지는 듯싶기도 해서 선뜻 내키지 않았다.

하지만 마침내 들어갔다. 안은 생각했던 것보다 좁고 밝았다. 활과 화살 그리고 깃발과 갑옷이 나란히 진열된 사이를 뛰다시피 지나갔다. 그곳엔 커다란 유리장뿐이었다. 옛날 무기로 무장한 사람만 한 인형이 보였다. 수백 자루의 칼이 진열된 유리장 앞을 지날 때는 얼굴과 손끝이 얼얼했다. 진열장 사이를 냅다 뛰어서 빠져나갔다.

비옷 같은 덧옷을 입고 바닥에 작은 널조각을 댄 짚신을 신은 파수꾼이 나를 수상쩍다는 듯이 노려보았다. 총포 사이를 빠져나가 무늬가 새겨진 대포 앞을 지나친 나는 출구에서 얼핏 섬뜩한 것을 보았다. 마침 그늘이 져서 빛이 잘 들지 않

우치다 햣켄 기담집

는 곳에 유달리 큰 유리장이 있었다. 그 안에는 군복을 입힌 인형이 대여섯 개 서 있었는데, 크기로 보나 모양으로 보나 도무지 인형 같지가 않았다. 다만 옷으로 가려지지 않은 얼굴과 손 부분이 묘하게 노랬다.

갑자기 속이 메슥거렸다.

서둘러 밖으로 나갈 때, 출구에 서 있던 파수꾼이 당황한 눈빛으로 나를 바라보았다.

이튿날 나는 교외에 있는 기무라의 집에 가보았다.

대문에는 '셋집'이라고 쓴 팻말이 붙어 있었다. 나는 그 이웃집으로 가서 물어보았다. 턱수염을 길게 늘어뜨린 노인이 나와서 말했다.

"맞아요. 기무라 씨는 벌써 열흘 남짓 전에 이곳을 떠났습니다."

"곧장 시골로 갔나요?"

"그렇습니다. 저희 자식 놈이 기무라 씨께 신세를 져서 함께 배웅했지요."

"열흘 전이라고요?"

"그렇습니다. 그럭저럭 2주는 족히 되었을걸요."

그렇게 말한 노인은 턱수염을 잡아당기면서 골똘히 생각에 잠겼다.

유이역

도쿄역 안내소 앞에서 만나기로 했는데 아직 오지 않았다. 그가 먼저 오리라 예상했건만, 사정이 생겨서 늦는 모양이다.

약속 장소에 멍하니 서 있었다. 날씨가 좋아서 역 앞의 광장에 오후의 밝은 햇살이 내리쬐었다. 양달은 붉고 응달은 노래서 왠지 이상했다. 그 근처를 오가는 사람들이 시커멓게 보였다. 큰 까마귀가 낮게 날고 있었다. 비둘기는 아니다. 비둘기와 까마귀는 다르게 난다.

지나치게 밝은 쪽만 보고 있었더니 눈이 이상했다. 시간이 꽤 흘렀다. 무슨 일이 생겼나 하며 이제나저제나 기다리던 그때, 문득 야에스구치八重洲口 쪽의 개찰구 내에도 안내소가 있다는 사실이 기억났다.

승차구 쪽의 개찰구에서 검표를 받고 지하도를 지나갔다. 평소처럼 사람이 많았으나 별로 움직임이 많지는 않았다. 멈

우치다 햣켄 기담집

쳐 서 있던 사람 중 몇 명은 걸어가는 나를 빤히 보았다. 그쪽 안내소 앞에 다다라 우두커니 서서 주변을 둘러보았다. 아직 오지 않은 듯하다. 열차가 출발하기 전까지도 오지 않으면 어떻게 하지? 안내소가 두 개면 하차구도 하나 더 있지 않을까?

그러나 여기서 나가는데 하차구에서 만나자고 할 리는 없다.

지금 서 있는 곳의 맞은편은 출발 플랫폼의 9번 선로와 10번 선로로 올라가는 계단 아래 널찍한 대기소다. 계단 입구에는 다시 개찰구가 있고, 사람들이 두세 줄로 서 있었다. 많은 사람이 밀치락달치락하건만 쥐 죽은 듯이 고요하다. 공습경보가 울렸을 때처럼 이따금 뿔뿔이 흩어져서 걸어가는 발소리가 나지만, 말소리는 전혀 들리지 않았다.

행렬은 건너편을 향해 서 있었다. 모두 덤덤히 뭔가를 생각하는 눈치다. 벽 옆의 행렬이 가장 길었는데, 그 줄의 꼬리는 내가 서 있는 안내소 앞까지 뻗어 있다. 그 줄의 한가운데쯤에서 얼굴 하나가 이쪽을 보고 있었다. 주변은 흐릿한데 이쪽을 보는 그 얼굴 주위만 허옇다.

어쩐지 께름칙해서 쳐다보았더니, 하카마를 입지 않은 평상복 차림의 남자가 줄을 벗어나서 성큼성큼 내게로 걸어왔다. 얼른 피해야 할 듯싶은 느낌이 들었다.

남자는 내 앞을 가로막고 서서 대뜸 말했다.

"사카에 씨, 많이 컸군요."

내 이름을 부르는 이 품위 없는 중년 남자가 생소했다.

"누구세요?"

"이치예요."

"이치라는 분은 기억나지 않습니다만."

"이치라는 개가 있었지요."

종잡을 수 없는 말을 해서 불쾌했다.

등을 기대고 있던 안내소에서 전화벨이 울렸다. 승차구의 넓은 안내소와는 달리 안쪽의 안내소는 좁아서 담당자가 두 명밖에 없다. 그중 한 사람이 전화를 받았다.

"여보세요, 야에스구치 안내소입니다."

전화기 너머에서 뭐라고 하는지는 모르지만 "뭐라고요? 앞에 서 있는 사람? 네, 있어요. 그래서요, 부를까요? 뭐라고요? 그렇게 말하면 되겠군요. 잠시만 기다리세요. 앗, 끊었네"라며 수화기를 철커덕 내려놓았다. 기분이 떨떠름해서 그쪽을 보았더니 담당자가 내 얼굴을 말끄러미 보면서 내려놓은 수화기 위에 한 손을 얹은 채 말했다. "일행분의 전갈입니다. 그런데 이상해요. 먼저 가 있겠다는 말만 하고 끊었어요. 어딘지 아시겠어요?"

"먼저 가 있겠다고 했다고요?"

"그렇게 말했어요."

먼저 간다고 해도 배차는 정해져 있다. 무슨 말이지? 나더러 먼저 가라는 말인가? 뭔가 어리둥절했지만 그러라면 그러지 뭐. 뒤를 돌아보았으나 아까 나에게 말을 건 남자는 벌써 사라지고 없었다. 행렬로 돌아간 모양이다. 행렬은 개찰구를 지나고 있었다. 가장 길었던 벽 옆에 선 줄의 꼬리만이 조금 남아 있었는데, 그마저도 이내 사라졌다.

이제 어떻게 하지? 구체적인 계획은 없으나 어차피 만사가 계획대로 되지는 않는 법이다. 모처럼의 외출이지만, 까짓것 관두지 뭐. 마음과 달리 몸은 이미 개찰구를 지나고 있었다.

기차는 이미 플랫폼으로 들어와 있었다. 전부터 예정되어 있었던 양 차창으로 보이는 빈자리로 들어가서 앉았다. 기차 안이 푹푹 쪘다. 승객이 많았으나 모두 같은 방향을 보고 앉아 있다. 옆 좌석에는 아무도 앉지 않았다. 꽤 앞쪽에서 아련하게 기적이 울리며 기관차가 출발했다.

속도가 점점 빨라지더니 선로에서인지 기차 바퀴에서인지 두르르 소리가 났다. 무슨 소리지? 궂은 날씨에 멀리 후원後園에서 나는 학 울음소리가 바람결에 실려오는 듯하다. 옛날에 본가가 가난하여 세무서에서 압류한 넓은 집에 살았을 때, 텅 빈 술도가 사이를 지나가는 바람에 이런 소리가 실려 왔다.

그 당시 인기척이 드문 그 집에 큰 점박이 개가 살았었는데, 문득 그 생각이 나면서 속이 메슥메슥했다.

안면이 있는 중년의 웨이터가 지나가다가 인사하며 멈춰 섰다.

"이런, 어디 가시는 길입니까?"

"응, 잠깐 어디 좀."

"멀리 가십니까?"

"아니, 유이由比에 가는 거야."

"유이라면 이 열차는 정차하지 않습니다만."

"되돌아오는 길에 들르면 돼."

"그렇습니까? 그렇다면 시미즈清水(시즈오카현)에 가시는군요."

웨이터는 가볍게 인사하고 갔다. 그가 지나간 뒤 고약한 냄새가 풍겼다. 어디서 나는 냄새인지는 모르겠으나, 왠지 거북한 것을 연상시켜서 심란했다.

(가나가와현의) 오후나大船, 후지사와藤澤를 지나면서부터 갑자기 기차의 속도가 빨라졌다. 선로를 따라 늘어서 있는 집과 나무들이 마치 기차가 가까이 오기를 기다렸다가 풀쩍 튀어 오르며 멀어지는 듯이 보였다. 눈을 속이고 사라지는 집들의 지붕이 물빛으로 반짝반짝 빛났다.

비에 젖었나? 날씨가 한없이 맑게 개어서 그럴 리는 없으나, 다가오는 산 위의 가을 하늘로 기차가 오기 전에 소나기

구름이 지나갔을지도 모른다.

깜빡 졸았던 모양이었다. 돌연 주변이 고요해지더니 좌석 등받이에 기댄 채 어딘가로 가라앉을 것만 같았다. 그렇게 밑으로 빨려 들어가는 듯한 기분이 드는 순간, 깜짝 놀라서 잠에서 깼다. 경사진 높은 제방 위에 기차가 서 있었다. 많은 승객이 타고 있건만, 아무 소리도 나지 않았다. 창밖의 젖은 선로 옆에도, 제방 아래의 좁은 길에도 물방울이 흐르고 웅덩이가 있다. 그 위로 햇살이 내리쬐어 반짝거렸고, 스치는 바람에 풀잎이 한들거렸다.

전기기관차는 뜬금없는 곳에서 기적을 울렸다. 그리고 이제껏 봤던 창밖의 풍경과 차 안의 모습이 뒤틀린 듯한 상태로 천천히 움직이기 시작했다. 달린다 싶더니 이내 또 정차했다.

오다와라小田原역의 플랫폼 앞이었다. 그리고 아타미熱海역으로 가는 동안은 긴 터널과 짧은 터널을 여러 번 지나며 밝아졌다가 어두워지거나 어른거리기도 해서 안절부절못했다. 민둥 바위가 드러난 벼랑을 봤더니 도노다케塔ノ山(가나가와현神奈川県 하다노시秦野市에 위치한 오모테탄자와表丹澤의 최고봉) 바위의 표면이 기억났다. 고향에 제6고등학교가 생길 때 산기슭의 논을 밀고 터를 닦았다. 터 다지기에 쓸 돌을 채취하려고 근처의 도노다케에 다이너마이트를 설치해 바위를 깼는데, 그 위에 있던 묘지가 무너지면서 동네 주민인 오카토모岡

友의 친척 아주머니 관이 나왔다고 한다.

오카토모의 집은 민족 고유의 신앙인 신도神道를 믿었으므로, 친척 아주머니가 입관할 때도 머리를 깎거나 하지 않았다.

몇 년 후, 이번에는 도노다케의 묘지 아래에서 다이너마이트가 터지는 바람에 시체를 앉혀서 넣은 좌관座棺이 튀어나왔다. 관이 부서지면서 그 안에서 머리를 둥글게 틀어올린丸髷* 친척 아주머니가 나왔다는데, 시랍屍蠟(밀랍처럼 변한 시체)이 되어 생전의 모습 그대로 보존되어 있었다고 해서 다들 떠들썩했다.

오카토모의 집은 우리 집에서 두세 집 앞에 있었는데, 무슨 까닭인지 집이 철거된 뒤로 그 자리에서 키가 큰 푸른 풀이 잔뜩 자랐다. 두부 가게였던 그곳엔 큰 우물이 있었고, 우물 벽(우물 측면의 벽을 에워싸서 토사가 붕괴하지 않도록 한 것)은 이미 사라졌으나 우물이 아직 남아 있어서 바닥의 거무스름한 수면이 푸른 풀숲에서 거울처럼 빛났다. 그 공터로 개를 몰아넣었다. 아니, 엄밀히 말하면 몰아넣었다기보다는 도망치는 개를 뒤쫓아갔다.

왜 개를 쫓아다녔는지는 그때나 지금이나 알 수가 없다. 사춘기가 거의 끝나갈 무렵이었고, 나중에 생각하니 정체를

---

* 기혼 여성이 머리를 묶는 방법. 타원형으로 약간 납작하게 틀어 올린 머리.

알 수 없는 번민의 분출구가 필요했기 때문일 수도 있다. 어쩌든 날마다 저녁이 되기를 기다렸다가 긴 막대 자를 꺼내 개를 찾아서 그 끝을 들이댔다. 그 개의 이름이 이치였다. 커다란 검은 반점이 있었던 그 개는 강아지 때부터 키웠으므로 피차 서로의 속마음을 잘 알았을 것이다. 갑자기 개가 밉다거나 심술이 난 것도 아닌데 습관처럼 굳어져서 도무지 그만둘 수가 없었다.

처음에는 내가 부른 줄 알고 친하게 다가오지만, 그럴 때면 나는 심술궂게 긴 자를 든 채 뒤로 물러나 거리를 두고 자 끝으로 옆구리를 찌르고 엉덩이를 때렸다. 봉변을 당한 개는 꼬리를 늘어뜨리고 건너편으로 도망갔다. 신바람이 나서 뒤쫓아 가며 등이든 엉덩이든 목이든 사정없이 쿡쿡 찌르면, 개는 당황하며 이리저리 도망치다가 궁지에 몰려 컹컹 짖었다. 그게 재미나서 미친 듯이 찔러댔고, 개가 도망치면 흥분한 나도 숨을 헐떡거리며 쫓아갔다. 어느 날 어스름 무렵, 개는 활짝 열린 뒤쪽 객실로 부리나케 뛰어 올라가서 출입문 근처의 객실 쪽으로 도망쳤다.

나는 게다를 신은 채 자를 휘두르며 개가 도망친 객실로 쏜살같이 뒤쫓아 갔다. 개는 난간이 있는 복도를 건너서 안채의 방을 내달리더니 현관에서 봉당으로 내려가 앞길로 달려갔다. 허를 찔린 나는 발끈해서 장대 자를 든 채 행인이 오가는 길로 뒤쫓아 갔고, 개는 오카토모 집의 공터로 도망쳐 들어갔다.

쏜살같이 달렸으나 나도 열심히 달렸으므로 곧바로 따라잡았다. 푸른 풀 쪽으로 빠져나가는 검은 몸통의 어딘가를 자끝으로 푹 찌르자, 커다란 지우개를 누른 듯한 느낌이 들었다. 개는 우물 위를 훌쩍 뛰어넘더니 건너편에서 나를 돌아보며 경계하듯이 고개를 낮추고는 희뿌연 어둠 속에서 하얀 이빨을 드러냈다. 별안간 무서워진 나는 풀 속으로 장대 자를 던진 채 뒤도 돌아보지 않고 집으로 돌아갔다.

아까 본 웨이터가 지나가다 말고 나와 같은 방향을 바라보며 말했다. "혹시 일행이신 분이 다른 객차에 타셨습니까?"

"아니."

웨이터가 잠자코 있었으므로 되물었다.

"왜?"

"그분이 그렇게 말씀하셔서요."

웨이터가 고개만 꾸벅 숙이고 지나갔다.

기차가 단나丹那에서 출발한 뒤 곧바로 하늘이 흐려지고 날이 어두워지더니 누마즈沼津에 정차했을 때쯤 장대비가 퍼부었다. 어쩐지 답답해서 차 밖으로 나와보았다. 플랫폼의 지붕에서 흘러내려 정차한 열차의 지붕 위로 내리치던 세찬 빗줄기가 플랫폼의 가장자리로 쏟아졌다. 그 쏟아지는 빗물 사이를 지나간 탓에 머리부터 흠뻑 젖었다.

플랫폼은 발판을 고치느라 시멘트 바닥을 파헤쳐 놓아서 걷기가 힘들었다. 떼어낸 시멘트 조각에 번쩍하고 하얀 불빛이 비치더니 조각이 드르르 흔들릴 정도로 요란한 천둥이 쳤다. 놀라서 떨어지는 빗물을 가로질러 기차의 객실로 돌아왔더니 또다시 온몸이 흠뻑 젖었다.

좌석으로 가자 옆에 모르는 부인이 앉아 있었다. 원래 빈 자리였으므로 어쩔 수가 없다.

그 앞을 피해 창가의 좌석으로 되돌아갔다.

부인은 친숙한 말투로 "천둥소리 한번 요란하군요"라고 했다.

"예."

"흠뻑 젖으셨네요."

냄새나는 손수건을 꺼내더니 어깨 주변을 털어주려고 했다.

"괜찮습니다."

"뭐, 나리라면"이라며 개의치 않고 어깨에서 소매를 타고 흐르는 물방울을 닦아주었다.

"나리가 이 기차의 승객이실 줄은 몰랐습니다."

"누구신지요?"

"후후후." 무언가를 휘감으려는 듯이 양손의 흰 손목을 꿈틀꿈틀 움직였다.

"웨이터에게 들으셨나요? 좋은 웨이터더군요. 서로 잘 아는 사이시라죠."

"웨이터가 말한 사람이 당신이었습니까?"

"뭐라고 하던가요?"

"저를 아는 사람이 있다고 하던데, 제가 어쨌다고 그러던가요?"

"잘못 아셨어요, 나리. 그것은 저쪽 객차에 탄 다른 사람을 말한 겁니다."

"누구요?"

"오늘 그래서 나가셨던 거죠. 잘못 아시고."

"무슨 말씀이신지요?"

"앗, 보세요. 커다란 무지개가 떴어요."

새된 소리로 말하며 내 앞을 지나듯 상체를 앞으로 쑥 내밀더니 목을 길게 빼고 창을 들여다보았다. 하늘이 개었나? 아니면 기차가 그림자를 드리운 비구름 밖으로 달려 나온 걸까? 창밖이 환해지고 바다 가까운 논에서 물방울들이 빛났다. 그 뒤편의 산에서 바다 건너편의 하늘로 무지개다리가 놓여 있었다.

폭넓은 무지개를 넋 놓고 보고 있으려니, 갑자기 눈앞이 껌벅껌벅하며 무지개를 세로로 꿰뚫듯이 대낮에 바다 쪽으로 은색 번개가 내리쳤다.

우치다 핫켄 기담집

기차 소리는 요란한 천둥소리에 묻혔고, 환한 바다 쪽으로 울려 퍼지며 사라졌다.

무지개가 아직 선명할 때 기차가 회전했다.

부인은 "거의 다 왔습니다"라고 했다. 무릎에서 손가락을 꼼지락꼼지락하더니 쓱 일어서며 "그럼 나중에 또 뵙겠습니다"라고 말하고 뒤쪽으로 걸어갔다.

기차는 점점 바다에 가까워졌고 유이由比역(시즈오카현 시즈오카시 시미즈구에 있는 도카이 여객 철도의 철도역)을 통과해서 터널로 들어갔다. 터널에서 나왔다가 이윽고 또다시 들어갔다. 바닷바람이 차서 눅눅하고 어두운 터널을 빠져나온 기차가 양옆으로 덜커덩덜커덩 흔들리며 시미즈역 구내로 미끄러져 들어갔다.

그리고 오던 길로 되돌아가서 아까 그 터널을 재차 빠져나갔다. 이번에는 하나인데 길다. 유이역에서 내려서 개찰구를 빠져나왔다. 혼자 오니 꽤 당혹스러웠다. 근처에서 새우 냄새가 났다. 거리로 나와서 아까 본 터널이 있었던 산 쪽으로 걸어갔다. 오르막길을 걷고 있으니 머리 위로 솔바람이 불었다. 삿타고개薩埵峠의 산기슭이 산마루가 되어 바다를 쫓아간 곳에서 산마루의 끝이 둘로 갈라졌다. 그러므로 바다와 가까운 쪽의 선로에는 터널이 두 개다. 평지에서 산지山地로 가는 길은 아직 두 개로 갈라지지 않아 하나밖에 없다. 그 삿타고개의 산마루 위에 백악白堊의 삿타호텔이 있다.

이슬이 방울져 떨어질 것 같은 소나무 가지 밑으로 빠져나가 뒤를 돌자, 빛나는 바다를 등지고 이쪽을 향해 서 있는 호텔이 보였다. 현관의 처마에는 대낮에도 전깃불이 번쩍번쩍 빛나서 하얀 배경의 'SATTA-HOTEL'이란 글자가 도드라졌다.

짐꾼이 유리문을 열고 인사했다. 복도에 들어서자 향기가 감돌았다. 바다 냄새도 소나무 향도 아니었다. 키 큰 웨이터가 나와서 인사했다.

"어서 오세요. 기다리고 있었습니다."

"오늘 온다고는 말하지 않았을 텐데."

"아니요, 들었습니다. 저쪽에서 이제나저제나 기다리고 계십니다."

이전에 안내받은 적이 없던 처음 보는 방으로 들어갔다. 이중복도여서 웨이터가 문을 열자 대낮인데도 전깃불이 켜져 있었다. 어느 창이나 소나무 밑가지에 덮여 있어 어둑어둑했는데, 방 안에서 새어 나온 환한 빛줄기가 보였다.

어두운 창을 등지고 빛줄기가 뻗어 나간 쪽에 여자가 있었다. 의자에 기대어 나를 보는 듯했다.

"오셨습니다." 웨이터가 말했다.

어쩐지 울컥 화가 치밀었다. 열차의 옆 좌석에 앉았던 여

자인가? "이봐." 내가 웨이터를 불러세웠다. "다른 방은 없는
가?"

"있습니다."

그때 여자가 자리에서 일어나더니 머뭇머뭇 뜸을 들이는
웨이터 앞으로 와서,

"괜찮아요. 웨이터. 그럼 나중에 또 봐요"라고 하며 내게로
돌아섰다.

"조금 전에는."

"누구세요?"

"저 말씀입니까?"

"네."

"그것보다 나리, 나리는 어인 일로 이곳에 행차하셨습니
까?"

"나 말인가요? 친구와 함께 왔습니다."

"후후후. 친구 분은 어떻게 하시고 혼자 오셨나요?"

"올 겁니다. 벌써 와 있으려나."

그때 웨이터가 이상한 목소리로 말했다. "필요하시면 부르
세요."

나와 여자는 어느새 둥근 탁자를 사이에 두고 근사한 의자
에 앉아 마주 보고 있었다.

"정말로 오랜만입니다."

"나는 초면인 것 같은데."

"비록 가는 길일지언정 까맣게 먼 옛날 일이 생각난 마당에 그대로 묻어둬서는 안 될 것 같아서 말이죠."

"그게 무슨 말씀이신지."

"창밖의 소나무가 겹겹이 서 있는 뒤편은 벼랑이에요. 게다가 산에는 오리나무가 우거졌고, 그 주위를 커다란 흰나비가."

그 말은 틀렸다. 나비는 손바닥만한 것도 있었다.

"흰나비가 아니야, 검다고 새카매."

"아……" 여자는 내 얼굴을 응시하며 말했다. "그런 생각이 든다는 말씀이죠?"

그럴지도 모른다. 내가 직접 본 건 아니다. 보일 리가 없다. 그 말을 듣고 그쪽을 보았으나 나비가 날지는 않았다. 그저 아버지가 그렇게 생각해서 그렇게 말했을 뿐이다.

몸이 뻣뻣하게 굳었다.

"힘드셨죠. 정말로 안타깝네요."

며칠 밤 내내 옆에서 숨을 쉴 수가 없었다. 몸이 뻣뻣하게 굳어서 어떻게 해야 좋을지 모르겠다. 산사山寺의 방을 빌려서 잤으므로 병상은 지면에서 꽤 높았다.

절의 마루는 어디든 높다. 개가 마루 위로 뛰어올라 병상 옆에 네 발로 섰다.

나의 앉은키만 한 개를 한 번도 본 적이 없었다. 마치 검은 송아지인 것 같아 소름이 끼쳐서 쫓아버렸다. 그것은 우리 집 개였다. "이봐, 이치"라고 하려는데 목이 메었다. 개는 높은 툇마루 끝에서 훨훨 날았다.

　"그래서 나리, 안심했습니다."

　"뭐를."

　"그러니까 역시 한 번쯤은 확인해두어야 한다고."

　"무슨 말을 하는 거야."

　"저는 이치의 아내입니다."

　"뭐라고?"

　"뭘, 그런 얼굴을 하세요. 개의 아내는 아니에요. 호호호."

　창이 살짝 흔들렸다. 바닷바람이 지나갔으려니 했는데, 이번에는 문이 덜거덕거리더니 웨이터가 들어왔다.

　"오셨습니다."

　"누가?"

　"부역장님이 오셨습니다."

　"이상하군."

　"어제부터 같은 질문을 하셨습니다."

　"다른 방으로 안내하도록 하게."

　웨이터가 나간 뒤 어쩐지 기분이 뒤숭숭했다. 흡사 하나의 창인 것처럼 어느 창이건 온통 희뿌옇고 창밖은 어둑어둑했다. 방금 나간 웨이터가 또다시 얼굴을 내밀었다.

"부역장님이 몹시 기다리고 계십니다."

"지금 가니까 다른 방으로 안내해."

"안내했습니다."

"그럼 됐어."

"그 방에서 염장한 우설牛舌을 드시고 계십니다."

"뭐라고?"

"엄청나게 많이 드셨습니다. 벌써 몇 인분은 족히 드셨을 걸요."

웨이터 뒤에서 양복을 입은 남자가 얼굴을 내밀었다. "어서 오세요. 지배인입니다."

맞아, 아는 얼굴이야.

그는 웨이터를 밀치며 안으로 들어왔다.

"이런 자네인가? 잠깐 이리로 오게."

그렇게 말하고 여자의 어딘가에 손을 대더니, 부드러운 보따리를 확 낚아채듯이 여자를 방 밖으로 데리고 갔다. 웨이터가 등 뒤의 문을 닫고 내 옆으로 다가왔다. 얼굴을 정면으로 보니, 피부가 하얗고 콧날은 오뚝하며 눈매가 시원스러워서 홀딱 반할 만큼 곱상했다.

"전에는 여기에 없었지?"

"아니요, 있었습니다. 나리를 압니다."

"그런가. 웨이터 중에서는 못 본 것 같은데."

"그 당시에는 웨이터가 아니었으니까요."

"뭐였지?"

웨이터는 약간 싫은 내색을 했다.

"부역장님도 말씀하셨다시피 그게 나리의 버릇이시죠."

"부역장님이 뭐라고 했는데?"

"나리는 유이역의 플랫폼에서 눈앞에서 놓친 급행열차를 허탈하게 보고 계셨지요. 처음에 하행선이 가자 시계를 꺼내서 열심히 시간을 재며 상행선이 오기를 기다리셨고요."

"그게 어째서?"

"부역장님 말씀이 옳다고 생각합니다. 열차는 같은 속도로 달리니까 상행선이 스쳐 지나갈 때 나리의 뭔가를 가지고 옮겨 탔겠죠. 그래서 나리는 그것이 되돌아올 때까지 무슨 일이 일어나든 아예 안중에도 없으셨던 거고요. 저는 처음부터 그러실 줄 알았어요."

웨이터의 얼굴이 하얀 찐빵처럼 부풀었다. 귀엽지도 않았다.

"아까 밑에서 비상기적이 울렸죠?"

"몰라."

"호텔 아래는 샷타터널입니다."

"맞아."

"연안, 즉 하행선 쪽에 두 개가 있는데, 첫 번째 터널과 두 번째 터널 사이 거리는 70미터죠."

"그게 어쨌다는 거야?"

"그 터널과 터널 사이에서 커다란 짐승이 기차에 치였습니다."

"개였군."

"나리는 바보시군요. 그런 말씀을 하시다니."

"왜 바보지?"

"바보 아닌가요? 이제 그만하시는 게 어때요?"

"괘씸한 말을 하는군. 그럼 기차에 뭐가 치였다는 거야?"

"왠지는 모르겠으나 열차가 첫 번째 터널을 나와서 보니 두 번째 터널의 입구 쪽에서 검은 짐승이 들락날락했어요."

무서운 얼굴로 뒤를 획 돌아보았다. "어쩔 수가 없군. 부역장, 뭘 떠들어대고 있는 거야?"

나를 찌르려는 줄 알았더니 어깻죽지를 잡고 흔들었다.

"나리, 이제 그만 하세요."

손가락으로 톡톡톡 박자를 맞추며 흔드는 손을 마냥 놓지 않았다.

"이제 됐어."

"좋지는 않습니다.

아미노하마網／浜

우치다 햣켄 기담집

양하의 새순이

들락날락하다가

졌대요.

그렇죠. 그렇겠죠. 아하하하."

손을 떼고 내 얼굴을 들여다보았다. 귓가에서 띵하며 이명이 들렸다. 솔바람도 불었다.

웨이터의 하얀 얼굴과 흰 상의의 경계가 사라졌다.

승천

나와 잠시 동거했던 여자가 폐병에 걸려서 입원했다는 얘기를 듣고 병문안을 갔다.

전차를 타고 교외에서 내려 한참을 걸어가자, 집들이 드문드문 나타나면서 주변이 희붐하게 밝아왔다. 이윽고 어마어마하게 큰 소나무에 뒤덮인 시커먼 긴 담이 보였다.

안으로 들어가자 바닥에 자갈이 깔려 있고, 아무도 없었다.

휑뎅그렁한 현관의 접수처에서조차 사람은 코빼기도 보지 못했다.

그때 어디선가 바람 소리가 났다. 뒤로 갈수록 소리가 커지더니 아득히 먼 복도 안쪽에서 굉음이 울렸다.

현관 마루 옆의 칸막이 그늘에서 키 작은 간호사가 불쑥 나와 인사를 했다. 그 간호사의 뒤를 따라 약간 비탈진 복도를 마냥 걸어갔다. 마침내 복도의 네거리에 다다르자 "복도

왼쪽의 첫 번째 병실에 계십니다. 환자분을 알고 계시지요?"
라는 말을 남기고 가버렸다.

여자는 병실 문에서 가장 가까운 침대에 누워 있었다. 양쪽 창을 따라 병상이 10개씩 두 줄로 나란히 있는 큰 병실이었다. 누워 있는 환자는 모두 여자로, 저마다 비슷한 표정으로 입구에 선 나를 보았다.

"오레이 씨"라고 했더니, 여자가 눈을 뜨고 내 얼굴을 보았다.

"와줘서 고마워요"라고 차분한 목소리로 말하며 씽긋 웃었다. "별고 없으셨죠?"

"언제부터 아팠어?"

"글쎄, 별다른 증세가 없어서 짐작조차 못 했어요."

"혼자서 고통스럽지 않았어?"

"네, 그저 옆 사람이 숨소리가 거칠다느니, 눈이 시뻘겋다느니 하더라고요. 아시죠? 내가 다시 일하러 나가는 것은."

"알아."

"그 집 오카상(기생 어미)이 걱정하시기에 의사에게 진찰을 받았더니 벌써 꽤 심각하대요."

"그렇게 무리하면 안되는 거였는데 말이야"

"그러게나 말이에요. 열이 39도라던가. 아무튼 의사가 깜짝 놀라더라고요. 이게 무슨 날벼락인지."

오레이는 말하는 내내 허공에 대고 이야기하듯이 멍한 눈초리로 내 얼굴을 바라보았다.

"지금도 열이 있는 것 아냐?"

"열이야 당연히 있죠. 여기에 온 지 며칠이나 되었을까요. 당신이 오실 줄 알고 있었어요."

"어떻게?"

"어떻게든."

마당 위의 하늘에 커다란 구름이 지나가는시 주변이 저녁처럼 어두워졌다.

"또 올게."

"네, 그런데 여기 어쩐지 기분 나쁘지 않아요?"

"아니, 전혀. 왜?"

"사실 여기는 야소耶蘇(기독교) 병원이거든요."

"알아."

"그래서 어떻게 할까 고민했어요. 처음에는 시 병원에 입원할 수 있다고 얘기하더니, 거긴 환자가 꽉 차서 빈 병실이 없다니까 의사와 상의한 오카상이 기독교 병원에 들어가라더군요. 그런데 난 어려서부터 기독교를 좋아하지 않았거든요. 다케마치竹町 골목에서 구세군이 북을 쳐대서 무심코 예배하는 곳으로 들어갔더니 끝까지 문을 닫고 돌려보내지 않더라고요."

"그럴 리가."

"정말이에요. 그래서 기독교 병원에 들어가라는 말에 돌아가신 어머니와 아버지께 송구스러워서 입원하기 전에는 2, 3일 잠도 못 잤어요. 날마다 새하얀 고양이가 발치의 문지방을 밤새도록 발톱으로 긁어대는 꿈을 꿨어요. 아우, 섬뜩해. 생각만 해도 소름 끼쳐요."

"꿈인데 뭐."

"아니요. 꿈일까요? 여기에 올 때 아이짱이랑 오카상이랑 셋이 자동차를 타고 어딘가로 가서 양쪽에 나무가 서 있어 어두운 길을 빠져나갔는데 그 길이 약간 언덕받이였어요. 그런데 그 언덕길을 내려가려던 순간 한쪽 벼랑에서 흰 고양이가 차창으로 달려들지 뭐예요."

오레이의 말이 점점 빨라지면서 목소리가 카랑카랑했다.

"그 후 정신 차리고 보니 여기에 누워 있었고, 고양이가 달려든 뒤로 무슨 일이 일어났는지는 도통 기억이 나지 않았어요. 문득 눈을 뜨자 이 병원의 원장이라는 사람의 창백한 얼굴이 보였는데, 나무 기둥 위에서 십자가형을 당한 그림 속 예수의 처참한 얼굴과 똑같더라니까요. 그래서 어떻게 할까 고민했어요."

나는 종이에 싼 50전짜리 은화 5개를 오레이의 머리맡에 두고 병실을 나왔다.

안뜰의 잔디밭에는 마른 잎이 가뭇가뭇하고, 하늘은 구름으로 덮인 채 저무는 듯했다.

좀 전에 지나온 복도에서 모퉁이를 돌자마자 이상한 남자를 만났다. 하얀 병원 옷을 입었으나 목이 한쪽 어깨에 거의 달라붙다시피 굽었고, 구부정한 자세로 희번덕거리며 내 얼굴을 보았다.

구원을 받아 이 병원에서 봉사하는 흉악한 전과자일 거라는 생각에 지레 겁먹은 나는 가슴이 철렁해서 멈칫했다. 그러나 남자는 부드러운 얼굴로 활짝 웃으며 정중히 인사하고 지나갔다.

그 남자가 지나간 뒤 긴 복도에는 사람의 그림자조차 보이지 않았다. 병문안하러 오는 사람이 드문 모양이다. 아니면 내가 때를 잘못 맞춰 온 걸까. 누군가에게 쫓기는 기분으로 허겁지겁 복도에서 현관으로 나왔다.

병원에 머무는 동안 해가 저물어서 갑자기 밝은 등이 줄지어 있는 거리로 나왔더니 불현듯 몸이 떨렸다.

밤이 깊어지면서 저녁에 멎었던 바람이 다시 불기 시작했다. 나는 늘 그랬듯 잠이 깼다.

고요한 창밖 어딘가에서 정체 모를 소리가 났다. 마치 나를 겨냥하고 쏜 총알처럼 '탁' 하는 소리가 곧장 귀로 날아왔다. 이윽고 크게 '쫘' 하며 내가 누워 있는 머리 위로 날아와

창문을 탕 밀쳤다. 가슴이 답답했으나 귀는 점점 예민해졌다. 옆 골목의 어느 집 문에 달린 방울 소리가 딸랑딸랑 청아하게 울려 퍼졌다. 곧이어 전보다 한층 날카로운 소리를 내며 불어온 바람이 그 소리를 갈래갈래 흩어놓았다. 오레이는 자연스레 헤어졌다기보다는 오히려 나를 버린 여자였다. 그러나 앞뒤 사정을 돌이켜 생각해보면, 여자로서는 어쩔 수 없는 선택이었는지도 모른다. 그리고 나를 버렸을지언정 그녀는 바로 기생으로 돌아갔다. 그리고 지금은 젊은 나이에 무료 치료 병원에서 죽을 날을 기다리고 있다. 그 큰 병실에 나란히 누운 많은 환자 중에 유독 아름다웠던 오레이의 얼굴이 지금도 생생하다. 그 모습이 그립지만 어떨 때는 형언할 수 없이 무섭다.

병원 현관으로 들어섰지만 역시 아무도 없었다. 알아서 실내용 조리로 바꿔 신고 긴 복도를 따라 걸어갔다. 흐린 하늘이 무겁게 짓누르고 있는 탓에 복도 양쪽의 안뜰은 우중충했으나, 복도의 마룻바닥은 어디서 왔는지 모를 빛이 반사되어 환한 터널처럼 건너편 끝까지 희끄무레하게 빛나고 있었다. 복도를 걸어가는 사람은 오로지 나뿐이었다. 찬물을 뒤집어쓴 듯 오싹한 기분이 들어 저절로 걸음이 빨라졌다.

오레이의 병상 옆에는 쉰 살가량의 입을 삐쭉 내민 덩치 큰 남자가 서 있었다. 병실로 들어가면서 밖으로 나가던 그 남자를 슬쩍 보았더니 한쪽 다리를 심하게 절었다.

"대단히 죄송합니다." 오레이가 조용히 말했다. "좀 안정이 되었어요."

"그래, 그럼 다행이네. 열은 내렸어?"

"그런 것 같아요. 그래도 아직 갖다주는 밥을 먹고 있어요."

"다른 사람은 직접 먹으러 가?"

"아니요, 밥상을 받아와요. 이 방의 환자들은 대체로 모두 그래요."

"아무리 그래도 열이 나는 환자잖아."

"별수 있나요. 멀리서 쩌렁쩌렁 징이 울리면 여기에 누워 있는 사람들 모두 부스스 일어나서 밥을 받으러 가야해요."

"오레이 씨에게는 누가 가져다줘?"

"간호사가 챙겨주기도 하지만 대개는 무척 무서운 남자가 갖다줘요. 자라목에다 꼽추예요."

잠시 후 오레이가 이상한 질문을 했다.

"'봉奉'이라는 글자 아시죠?"

"어떤 글자를 말하는 거야?"

"이나리 신사御稲荷* 같은 곳에서 흔히 보는 '바치다'라는

---

* 오곡을 맡은 신. 또는 그 신을 모신 신사. 오곡신의 사자인 여우의 다른 이름이기도 하다.

뜻의 한자요. 그 뒤에는 '편안하다'는 뜻의 한자가 있고."

"'봉안奉安'이라는 글자를 말하는 거야?"

"맞아요. 그게 무슨 뜻이에요?"

"'편안하게 모신다'는 뜻이야. 그것밖에 모르겠어. 그런데 그 글자를 어디서 본 거야?"

"어젯밤 변소에 갔다 오는 길에 복도를 헷갈려 길을 잘못 든 모양인데, 그 글자 아래에 '실室'이라는 글자가 쓰인 팻말이 달려 있었어요. 안에 불이 켜져 있고 곱게 장식되어 있기에 무슨 방일까 궁금했거든요."

나는 잠자코 있었다. 시체 안치소를 말하는 것이 분명했다.

"아까 그 사람은 누구야?"라고 말을 돌렸다.

"그 사람은 고리대금업자예요."

"손님인가?"

"네, 맞아요. 하지만 그런 장사꾼이 의외로 친절해요."

"그럴지도 모르지."

"10엔을 두고 갔어요. 돈 쓸 일도 없는데."

오레이는 잠시 이 병 특유의 기침을 했다. 기침이 잦아들자 가만히 눈을 감고 있었다. 메마른 눈꺼풀 뒤로 눈알이 동글동글 움직이는 것이 또렷이 보였다.

잠시 후 오레이는 눈을 뜨더니,

"아무래도 제가 요즘 이상해요"라고 했다. "예수를 믿는 탓일지도 모르지만.”

“기독교를 믿어?” 놀라서 물었다.

“네, 아직은 잘 모르겠지만, 교의를 듣다보면 감사한 마음이 들어요.”

“전에는 엄청 무서워했었다며?”

“무서운 것은 무서운 것이고, 이 병원의 원장님은 역시 예수님이에요. 대단히 무서운 분이시죠. 말씀은 상냥하게 하셔도 그 목소리를 듣고 있으면 무서워서 몸이 절로 움츠러든다니까요. 일전에도 제게 오셔서 ‘우리가 정성껏 간호해줄 테니 걱정할 것 없다. 믿어야 한다. 금방 쾌차할 것이다, 그러면 바로 편안해질 것이다’라고 하시면서 한참을 곁에 가만히 서 계셨어요. 참, 원장님도 폐병을 앓고 계시대요. 그래서 창백한 얼굴로 기침을 하시다가 가끔 테이블을 가져와 이 복도 밖에서 연설하세요.”

오레이는 점점 심하게 콜록거리며 말을 이어나갔다.

“그 말씀을 다 듣고 난 다음 기도해요. 그래서 이 병원 사람은 대개가 기독교 신자예요. 저는 잘 모르지만, 그래도 말씀을 듣는 동안 점점 감사한 마음이 들어요. 이 방 사람들은 나중에 자신들의 기도가 이루어지기를 바라는 뜻에서 함께 입을 모아 ‘아멘’이라고 해요. 저도 따라 하긴 하지만, 기침이 더 심해지는 사람도 꽤 많아요.”

"그렇게 계속 이야기하면 나중에 피곤하지 않아?"라고 걱정되어 물었다.

"네, 그런데 신기하게도 그 뒤로 이렇게 눈을 감으면 여러 가지가 보여요. 손가락을 몇 개 펴서 눈꺼풀 위로 가져가면 정확히 편 손가락만큼 보인다니까요. 기적이라고 해야 할까요."

나는 문득 마귀가 하는 이야기가 생각나서 오싹했다.

"무슨 그런 멍청한 소리를 해. 엉뚱한 생각하지 마."

"그런가요. 전혀 뜻밖이네요"라며 또다시 눈을 감았다.

그리고 마냥 잠자코 있었다.

눈꺼풀 속에서 내 얼굴을 보려는 심산인지도 모른다. 이 여자라면 그것이 허황한 소리는 아니겠다 싶어서 계속 그 자리에 서 있기가 무서웠다.

오레이의 병이 얼마나 심각한지 알아보려고 돌아가는 길에 현관 옆의 사무실로 들어가서 담당 의사를 만나고 싶다고 했다.

넓은 사무실 안 한쪽 구석의 책상에 젊고 아름다운 여자가 덩그러니 앉아 있었다. 그 여자는 나를 보더니 자리에서 일어나 벽에 걸린 시계를 보면서, 의사 선생님이 지금 막 회진을 시작해서 한참 후에나 돌아오실 텐데 괜찮으면 건너편 방에서 기다리라며 나를 응접실로 안내했다.

응접실에서 한참을 기다렸다. 벽과 창뿐인 휑한 방 안에는 늦가을의 냉기가 구석구석 스며들어 있는 것 같았다. 주변에서 아무런 소리도 들리지 않았다. 이 병원의 환자들은 그저 하염없이 잠자코 누워만 있어서 낫지도 죽지도 않는 걸까? 문득 아까 오레이가 말한 봉안실 얘기가 기억났다. 오레이가 예쁘게 장식되어 있다고 한 그 방은 어떤 모습일지 상상해보았으나 허사였다. 소리 없는 방에서 혼자 죽치고 있어 있으려니 별의별 생각이 다 들었다. 특히 예전에 오레이와 함께했던 시절의 일까지 생각나서 한없이 심란해졌다. 창가에 서서 밖을 내다보아도 잔뜩 찌푸린 하늘에는 흘러가는 구름 한 점 찾아볼 수 없었다.

그때 갑자기 문이 열리며 화들짝 놀랄 만큼 키 큰 남자가 들어왔다. 얼굴이 대단히 크고 이마는 창백하며 눈망울이 초롱초롱했다. 그는 내 얼굴을 보더니 갑자기 부드러운 눈빛으로 짧게 인사한 뒤 말없이 나갔다. 뺨과 입가는 수염으로 덮여 있었다.

그 사람이 나가자마자 문 두드리는 소리가 나더니, 의사로 보이는 여자가 들어왔다.

"오래 기다리셨죠? 제가 부원장입니다"라고 했다.

왜소하고 긴장한 표정이었으나 흰옷이 꽤 잘 어울렸다. 의

사가 내 이야기를 듣고는,

"얌전하고 내성적인 분 같은데 참으로 딱하게 됐습니다. 아직 젊으신 분이 너무 안됐어요. 지금까지 진행된 상태로 보자면 앞으로는 그저 시간문제입니다. 이런 말씀을 드리는 게 어떨지 모르겠으나, 제가 예상하기로는 기껏해야 한 달 정도 남은 것 같습니다."

"조금 전 병문안을 했을 때 요즘 상당히 좋아진 것 같다고 했는데, 사실이 아닌가요?"

"전혀 호전되지 않았습니다. 아무래도 여기 계신 분 대다수가 병증이 어지간히 악화되기 전에는 형편이 어려워서 요양할 수가 없었던 분들이거든요. 남자분들 중에는 일시적으로 병세가 가벼워지면 잠시 퇴원하시는 분도 있지만, 여자분은 그런 경우가 드물어요."

"음식은 먹을 수 있을까요?"

"열이 있어서 입맛이 없으시겠지만, 드시고 싶은 게 있다고 하면 무엇이든 드시게 해주세요."

마음이 어수선했다. 그 방을 빠져나온 나는 일단 현관으로 갔다가 다시 병실로 되돌아갔다.

"어머" 하며 오레이가 이상하다는 듯이 내 얼굴을 보았다.

"깜빡한 게 있어서 돌아왔어"라고 나는 당황한 듯 말했다. 중간에 되돌아왔다고 하기에는 시간이 너무 많이 흘렀으나,

오레이는 되묻지 않았다.

"오레이 씨가 원하는 게 있으면 다음에 올 때 가져다줄게."

"뭘 그렇게까지. 죄송해요. 특별히 갖고 싶은 것은 없어요."

"그래도 말해봐."

오레이는 잠시 말없이 눈을 감고 있었다.

"귤이랑 커틀릿이 먹고 싶었는데, 귤은 이 병원에서 일하는 남자에게 사다달라고 하면 돼요."

먼 곳에서 어설프게 치는 징 소리가 울렸다.

"어머, 벌써 밥 먹을 때가 되었군요." 오레이가 쓸쓸하게 말했다.

정신을 차리고 보니 밖은 이미 어둑어둑해져 있었다.

병실 안의 전등이 동시에 켜졌다. 그 침침한 불빛 아래에서 이제껏 가만히 누워 있던 환자들이 부스스 일어나더니 다들 약속이나 한 듯 우선 침대 위에 잠시 앉았다가 침대 아래로 주르르 내려왔다. 그리고 발소리를 죽이며 입구로 걸어왔다. 내가 서 있는 오레이의 침대는 입구에서 가장 가까운 곳에 있다. 나는 오레이에게 또 오겠다는 말을 남기고 서둘러 밖으로 나왔다. 복도의 양쪽이 어쩐지 술렁거리는 느낌이었다. 환자들이 걷는 발소리일지도 모른다. 병원을 나선 뒤에도 오레이가 입원한 병실의 침대 사이를 오가던 환자들과 오레이와 같은 줄의 안쪽 침대에 가만히 누워 있던 또다른 환자의 모습이 눈앞에 어른거리며 한동안 사라지지 않았다.

시가지와 교외를 연결하는 전차역이 위치한 동네 어귀에서 어두운 길가를 따라 걸어오는 한 남자와 마주쳤다.

그는 큰 보따리를 안고 있었는데, 한 손에 막대기 같은 것을 들었다. 스쳐 지나가면서 그 남자의 굽은 목을 본 순간, 지난번 병원에서 봤던 그 남자다 싶었다.

섬뜩한 눈의 흰자위 덕분에 어두운 곳에서도 그 남자임을 확실히 알았다.

나는 두세 걸음 더 지나쳐 가다 곧바로 깨닫고는 뒤돌아 그 남자를 불러 세웠다.

"저기요. 잠깐만요."

그 남자는 별안간 멈춰 서서 잠시 꼼짝도 하지 않다가 이내 홱 돌아보며,

"네? 절 부르셨나요?"라면서 바싹 다가왔다. 그의 몸놀림이 왠지 짐승 같아서 으스스했다.

"병원에서 뵌 분 맞죠?"

"맞습니다"라고 야무지고 힘찬 새된 목소리의 대답이 돌아왔다.

"무슨 일 때문에 그러시는지요?"

"병원으로 돌아가시는 길입니까?"

"그렇습니다."

나는 오레이에게 귤을 전해줄 수 있느냐고 물었다. 남자는 그 자리에서 승낙하고 함께 가게가 있는 곳까지 되돌아갔다.

"손님은 그분의 친척입니까?"

"일가붙이는 아니지만 친척이라고 할 수 있습니다."

"그렇군요. 그분은 참으로 가여운 분입니다. 2, 3일 전부터 또다시 병세가 악화되더니 어젯밤에는 얼마나 걱정했는지 모릅니다."

"어젯밤에 무슨 일 있었습니까?"

"네, 모르셨어요? 밤늦게 갑자기 복도를 걸어가시는 걸 제가 발견하고 병실로 데려가려고 했더니 예수님을 뵈어야 한다며 밀치시는데, 어디서 그런 엄청난 힘이 나오는지 막무가내였어요."

그 남자에게 귤을 부탁하고 헤어진 뒤 집으로 걸어오는 길에, 남자가 들려준 어젯밤 일을 떠올리자 몸서리가 쳐졌다. 그리고 그 섬뜩한 병원 침대에 누워 이상한 착각을 하는 오레이를 생각하자니 더더욱 두려웠다.

요즘은 날마다 저녁에 바람이 불다가 이내 멎곤 한다. 바람이 멎은 뒤에는 불현듯 두려움이 밀려와 방 안에 몸을 움츠린 채 손 하나 까딱할 수가 없었다. 꼭 닫힌 미닫이문을 살짝 열자, 으슥한 밤길을 지나는 사람이 똑똑히 보였다. 고요한

우치다 햣켄 기담집

도로 위에 움직이는 것이 없을 때는 길을 가로막은 건너편 토담이 불쑥 내 방 창에 모습을 드러냈다.

문득 정신이 번쩍 들면서 나 자신으로 돌아왔다. 오늘 본 오레이의 새파랗게 질린 얼굴이 눈앞에 선했다. 중년의 격정이 식을 때까지 사랑한 여자였다. 당장이라도 오레이를 만나고 싶었다.

전차에서 내린 나는 동네의 정육점에 들러 연한 커틀릿 한 조각을 튀겨서 바로 먹을 수 있도록 잘게 썰었다. 그리고 종이처럼 얇게 깎은 무늬목으로 싼 다음, 신문으로 감싸서 온기가 식지 않도록 품에 넣고 서둘러 병원으로 갔다.

점심시간에 맞추려고 서둘렀더니 너무 일찍 간 모양이었다. 활짝 갠 하늘에 때늦은 철새 무리가 낮게 날고 있었다.

복도를 따라가다 네거리에서 평소처럼 우측으로 돌려던 순간, 의자에 앉거나 쭈그린 채 혹은 입구에서 반쯤 끌어내어진 침대 위에 누워 있는 환자들이 보였다. 그리고 그 복도의 막다른 곳에는 일전에 응접실에서 본 키 큰 남자가 탁자 앞에 서 있었다. 뭔가를 이야기하고 있는 듯했다. 저 남자는 원장이 틀림없다. 왠지 설교하는 시간인 것 같아서 들어가려다가 말았다.

이윽고 원장이 탁자 앞에 앉았다. 그리고 그 위에 있는 타구(가래나 침을 뱉는 그릇) 같은 것을 들고는 기침을 했다. 그러는 동안 복도에 있는 환자들은 말없이 꼼짝도 하지 않았다. 복도 밖의 안뜰에는 가을 해가 찬란하게 비쳐들었다.

또다시 원장이 일어났다. 매가리 없는 목소리가 복도의 모퉁이에 서 있는 내게도 들렸다.

"그래서 여러분은 어떻게 생각해. 돈은 없어. 있던 돈은 죄다 쌀로 바꿔서 전부 죽은 아이에게 먹였어. 그런데 이제는 쌀도 없어. 한 톨도 없어. 내일은, 내일이면 마지막이야. 고아 10명을 먹일 수 있는 쌀이 없는 거야. 굶어 죽었어. 이시이 씨는 고아 10명을 미사오야마操山라는 산으로 데리고 올라갔어. 하늘에서 가까운 산이거든. 이시이 씨 말에 따르면, 자신들이 기도하는 목소리가 신께 조금이라도 가까이 들리도록 하기 위해서였대. 이시이 씨는 미사오야마 꼭대기에서 아이들과 함께 소리를 맞춰서 오직 한마음으로 기도했어. 그때는 그저 신께 의지하는 것밖에 다른 길은 없었으니까. 하지만 기적은 일어나지 않았어."

문득 내 뒤에서 인기척이 나서 돌아보았더니 목이 굽은 남자가 인사했다. 그는 부원장이 내게 용건이 있으니 나중에라도 들러달라고 했다는 말을 전했다. 그리고 먼젓번에 부탁한 대로 오레이에게 귤을 갖다주었더니 매우 기뻐했다는 말을 덧붙이며 자못 옛날부터 알고 지낸 사이처럼 말을 걸었다.

우치다 핫켄 기담집

원장의 설교가 진행되는 동안 부원장이 무슨 용건으로 부르는지 궁금해진 나는 곧장 부원장실로 갔다.

"아까 병원에 오신 것을 봤습니다. 그래서 알려드릴 말씀이 있어서 잠깐 오시라고 했습니다." 부원장이 말한 내용은 다음과 같았다. 오레이의 병세는 호전되기는커녕 오늘내일하는 상태이니 빨리 중환자실로 옮겨야 한다. 만일 급한 변고가 생길 경우 보증인인 포주와 아가씨들한테는 물론 전화로 연락하겠지만, 달리 의지할 친척도 없는 모양이니 괜찮으면 나에게도 알려주겠다. 그러므로 연락을 받는 즉시 병원으로 최대한 빨리 와주기를 바란다는 등의 이야기였다.

내가 중개인의 전화번호를 종잇조각에 쓸 때, 멀리서 나지막이 합창하는 소리가 들려왔다. 그 소리가 곧바로 그치고 이어서 기도하는 목소리가 복도에 넘쳐흘렀다.

나는 내 체온과 얼추 비슷해진 커틀릿 꾸러미를 안은 채 오레이의 병실로 갔다.

원장의 설교는 이미 끝났고, 복도의 환자도 모두 자신들의 병실로 들어간 후였다.

오레이의 눈이 반짝였다.

"방금 기도 시간이었어요"라며 뭔가를 흥얼거리는 듯한 모습이었다.

"처음에는 딱 한 번만이라도 회복되어 병원을 나가고 싶었지만. 지금은 이대로 죽어도 좋아요."

"그런 말 하면 못써. 얼른 낫겠다는 각오로 기운을 내야지."

"아니요, 이젠 전혀 무섭지 않아요. 천국이라는 곳을 알았
거든요."

"커틀릿을 가져왔어. 식으면 맛없으니까 품에 넣어 왔어."

"어머." 오레이가 해맑게 웃었다.

"애써 가져온 보람도 없이 조금밖에 못 먹을 텐데, 정말로
죄송해요."

"과식해서 배탈이 나도 곤란하니까 조금만 먹는 편이 좋을
거야."

"그래도 모처럼 먹는 건데."

나는 품에서 커틀릿을 꺼내어 따뜻한 꾸러미째로 오레이
의 손에 쥐여주었다.

"식지 않도록 오레이 씨의 이불 속에 넣어둬. 열이 있어서
분명 나보다는 따뜻하게 해줄 거야."

"정말 그렇네요"라며 오레이는 아름답게 웃었다. 그리고
받아 든 꾸러미를 이불 속에 넣었다.

병원에 처음 온 날 보았던 키 작은 간호사가 나에게 오더니,

"죄송하지만 잠깐만"이라고 했다.

간호사를 따라 나가자 복도의 모퉁이에 멈춰 서서는 이렇
게 말하는 것이었다.

"저, 아까 부원장님이 말씀드리는 것을 깜빡하셨다며, 오늘은 환자와의 이야기를 최대한 짧게 해달라고 하셨어요."

"아아, 그래요. 알겠습니다. 안 그래도 좀 전에 환자의 병세가 상당히 나쁘다고 말씀하시더군요."

"정말로 안되셨어요."

그렇게 말하고 간호사는 건너편으로 갔다.

나는 일단 병실로 되돌아가서 "돌아가는 길에 접수처에 들러달라고 하니까 이제 가볼게"라고 하고 그대로 복도로 나와버렸다.

"그래요, 고마워요"라고 말하는 희미한 목소리가 뒤에서 들렸다.

긴 복도를 걸어가는 동안 두 눈에 눈물이 글썽글썽 맺혔다. 현관에 다다르기 전 식사 시간을 알리는 징 소리가 쩌렁쩌렁 들렸다.

비가 내리기 시작한 추운 오후, 나는 자동차로 병원에 갔다.

그날 오전부터 흐린 창밖을 보고 있으려니 오레이의 모습이 떠올라서 도저히 가만히 있을 수가 없었다.

자동차는 움푹 팬 시골길에 고인 빗물을 젖은 마른풀 위로 흩뿌리며 달렸다.

주변의 빗물을 빨아들인 듯한 숲이 축축이 젖은 큰 덩어리처럼 여기저기서 흔들렸다.

병원의 긴 담이 보이기 시작하자 이상한 기분이 들었다. 자동차가 방향을 휙 틀어서 비에 씻긴 자갈 위를 지나 문안으로 미끄러져 들어가자, 마치 눈부시게 밝은 빛 속으로 뛰어든 것 같았다.

병원 안은 어두웠다. 현관의 칸막이 그늘에는 낮에도 전등이 켜져 있었다.

현관의 마루로 올라선 순간, 목이 굽은 남자와 마주쳤다.

"비가 내려서 오시느라 힘드셨죠?"라며 흰자위로 나를 올려다보았다.

"병실을 옮겼는데, 아십니까?"

"아니요, 아직 모릅니다."

남자는 무슨 속셈에서인지 어색하게 현관 앞의 정원수 위로 쏟아지는 빗줄기를 바라보다 돌아서서는,

"그럼 제가 직접 안내해드리지요"라고 했다.

그는 구부정한 자세로 나와 나란히 걸어갔다.

"걱정되시죠? 정말이지 너무 불쌍해서. 침대에서 떨어진 얘기는 아시는지요?"

그 말에 기겁한 내가 사색이 되어 물었다.

"언제요?"

"그저께 초저녁입니다. 같은 병실에 있던 사람의 말에 따

르면, 별안간 자신의 침대에 똑바로 앉았더니 천천히 일어나 손으로 묘하게 가슴에 십자가를 긋고 비슬비슬 침대 위를 걷다가 마룻바닥에 떨어져서 정신을 잃었다고 합니다. 그런데 그 병실에는 중환자뿐이어서 그 모습을 보고도 곧바로 달려가 선생님들께 알릴 수 없는 상황이라서 한때 큰 소동이 났었다지요. 저도 소식을 듣자마자 곧바로 달려가서 환자분을 침대에 눕혀드렸어요. 선생님들 말씀으로는 그분이 아무래도 예수님에 관한 이야기를 뭔가 잘못 이해하신 모양인 것 같다고 합니다. 다들 승천이라도 하실 작정이었나 보다고 말씀하시더군요. 아니면 고열에 달떠서 그러셨을 수도 있죠. 정말 가엾습니다."

먼저 있던 병실로 가는 네거리를 지나쳐서 조금 더 깊숙이 쭉 들어간 복도에 중환자실이 있었다.

"이쪽 끝 방입니다."

"정말로 감사합니다. 그리고 환자 일로 여러모로 폐를 끼쳐서 정말로 죄송합니다."

"천만의 말씀입니다. 그럼 전 이만 가보겠습니다."

나는 이 이상한 남자에게 안긴 오레이의 모습을 무심코 마음속에 그리다가 황급히 지웠다.

이번에 옮긴 방은 크기가 작아서 병상이 4개뿐이었다. 창가에 놓여 있는 오레이의 침대 옆에는 병시중을 드는 늙은 여자가 있었다.

나는 다른 환자에게 가볍게 인사하고 들어갔다. 다들 중증 환자라는 말이 무색할 만큼 담담한 표정이었다. 오레이도 방금 들은 일을 겪은 사람치고는 멀쩡해 보였다.

"정말 감사해요. 이번에 이리로 방을 옮겼어요"라며 오레이가 싱긋했다.

"이번 방은 훌륭하군"이라며 나도 웃었다.

"하마터면 큰일 날 뻔했다며?"

"네, 모두에게 심려를 끼쳐서 여러모로 많은 생각을 하게 됐어요. 죽는 날까지 자기가 어떻게 죽을지 누가 알겠어요."

"생각하다니, 뭘 생각해?"

"그냥 막연히 지금까지 제가 잘못 살았다는 생각이 들어요. 원장 선생님은 분명 예수님의 환생이에요. 틀림없어요. 제가 예수님을 생각할 때마다 원장 선생님이 창문으로 절 보고 계신걸요."

"글쎄. 오레이 씨의 말이 맞을 수도 있겠지. 하지만 당신은 옛날부터 신앙심이 두터운 사람이라 노파심에서 말하는데, 예수님이나 다른 신이나 마찬가지니까 너무 깊이 빠져서는 안 돼."

"맞아요. 그래서 원장 선생님께 드릴 말씀이 있어요. 밤마다 고양이 우는 소리가 들려요. 분명 그 흰 고양이일 거예요.

우치다 핫켄 기담집

눈을 감아도 뭐든 또렷이 보이는데, 대체 그 고양이는 어디 숨어서 우는 걸까요?" "잠시 쉬었다 얘기하시죠. 나중에 지쳐서 힘들면 안 되니까"라고 병시중 드는 여자가 말했다.

오레이는 "네"라고 말하더니 고분고분 눈을 감았다. 그러나 바로 다시 눈을 뜨고는 내 얼굴을 보면서 "커틀릿 맛있었어요. 그런데 조금만 더 먹었으면" 하더니 이내 눈을 가렸다.

오레이는 잠이 든 듯했다. 자면서 몰아쉬는 벅찬 숨소리를 뒤로하고 나는 조용히 병실을 떠났다.

12월 25일, 따뜻한 초겨울 같은 크리스마스의 한낮에 오레이는 죽었다. 곁에서 시중들던 간호사가 벗겨준 귤을 반쯤 먹다가 죽었다고 한다.

급한 변고가 생겼다는 연락을 받고 달려갔을 때는 이미 오레이가 봉안실로 옮겨진 후였다.

거북이 운다

1.

미사키三崎 해변 벼랑 위 절에서 언젠가 큰불이 났었다. 돌담과 돌담 사이로 들어온 바닷바람에 흩날리던 불꽃이 옮겨붙어서 난 화재였다. 불덩어리가 된 본당이 타오르며 벼랑에서 바닷속으로 굴러떨어진다. 붉게 물든 물결이 넘실거리며 검은 벼랑에 부서진다.

본 적도 없는 광경이 수도 없이 생생히 떠올랐다. 미사키에 간 것은 그때가 처음이자 마지막이었다. 그때가 유일했다. 그 절의 방 하나를 빌려서 요양하던 친구가 각혈했을 때 즉시 오라는 전보를 받고 부랴부랴 달려갔다.

각혈은 진정되었으나 풀이 팍 죽은 친구는 창백한 얼굴로 눈만 반짝일 뿐이었다. 그날 밤은 절에서 묵고 이튿날 친구가 지가사키茅ヶ崎의 병원에 입원할 때 동행하기로 했다. 저녁이

194 우치다 핫켄 기담집

되자 눈이 휘둥그레질 정도로 아름다운 아가씨가 밥상을 들고 왔다. 절에서도 여염집의 비린내 나는 전복 맑은장국을 상에 올렸다.

밥상이 나오기 전에 친구가 술을 마시겠냐고 물어서 그러겠다고 했더니 작은 술병도 곁들여서 내왔다. 미인이 따라준 술을 한잔 기울이니, 친구의 폐병을 걱정하던 마음도 조금은 누그러지는 것 같았다. 저 미인은 누구냐고 묻자, 이 절에 있는 아가씨라고 했다. 그때는 가을이었으나 해마다 여름이면 제일고의 학생과 대학생이 수영 합숙 훈련을 하러 와서 이 절에 머무른다. 아가씨의 빼어난 미모가 워낙 유명해서 더러는 여름이 되기를 기다리다 못해 얼굴을 보러 미리 찾아오는 사람들도 있다고 했다.

단지 그뿐이다. 이튿날 절을 떠나 지가사키의 병원에 입원한 친구는 아가씨의 모습이 눈에 밟혔는지 몰라도, 나는 그저 아가씨가 아름다웠다는 기억뿐 얼굴 생김새조차 곧 잊어버렸다. 그런데 무슨 이유에서인지 그해 겨울 신문에서 미사키의 대화재에 관한 기사를 읽었을 때 별안간 절이 불타는 광경이 떠올랐다. 불덩어리가 된 절이 벼랑 아래 어두운 바다로 떨어지는 광경이 아가씨의 소매에 불이 붙은 장면을 연상시켰으나, 곧바로 머릿속에서 지워버렸다. 그 당시의 아쿠타가와 류노스케를 생각하면, 이내 화염에 휩싸인 미사키 절이 머릿속에서 아른아른한다.

2.

다바타田端에 있는 아쿠타가와 류노스케의 집 2층에는 사다리 계단 두 개가 달려 있었다. 복층 구조로 지은 큰 집이었는데, 2층에는 방이 한 칸뿐이었던 것 같다. 그 뒤쪽에도 내가 모르는 방이 있었는지 모르나, 마당 밖에서 쳐다본 기억으로는 늘 안내되어 들어갔던 방만 있었던 듯싶다.

그 방은 손님이 올 때면 아쿠타가와가 곧잘 안내하던 그의 서재다. 초대받아 사다리 계단을 올라가면 유리문 안쪽의 복도가 나오는데, 그 우측이 바로 서재였다. 언제나 그 사다리만 이용했으므로 복도 끝에 건너편으로 내려가는 사다리 계단이 하나 더 있는지는 몰랐다.

내가 하는 말을 듣고는 있는 눈치였으나, 혀가 굳어서인지 아니면 꼬부라져서인지 곤드레만드레 취한 아쿠타가와가 하는 말은 도무지 알아들을 수 없었다. 어젯밤에 약을 너무 많이 먹어서 그렇다기에 나무랐더니, "물론 잘못했지. 그러나 자네도 취할 때까지 술 마시잖아"라고 대꾸한 뒤 다른 사람 앞에서 고개를 숙인 채 잠들었다.

하는 수 없이 마주 앉아서 그 모습을 가만히 지켜보았다. 그러더니 또다시 잠에서 깨어 "깜빡 잠들었군. 미안해. 정말

우치다 햣켄 기담집

졸렸다니까"라며 싱긋 웃었다.

내가 왜 왔는지, 뭘 부탁하러 왔는지도 잊은 채 이렇게 무작정 기다려봤자 허사다 싶었다. 이만 가보겠다고 하며 일어선 순간, 돌아갈 전차비가 없다는 사실이 떠올랐다. 아무리 궁핍했어도 동전 지갑에 전차비로 쓸 잔돈푼은 넣고 다녔다. 그런데 하필이면 오늘 깜빡하고 차비를 챙기지 않은 것이다.

그 당시 전차비가 5전錢이었는지, 7전이었는지는 기억나지 않는다. 다만 아쿠타가와가 피우던 골든 배트Golden Bat* 10개비들이 한 갑이 5전에서 6전으로 오르자, 애연가였던 그가 담배 맛이 예전 같지 않다며 "자네도 그렇지?"라고 했던 것을 기억한다. 따라서 전차비도 어림잡아 대충 그 정도였을 것이다.

집에 가려는데 돌아갈 전차비가 한 푼도 없다고 하자, 아쿠타가와는 흔쾌히 잠깐 기다리라고 말하며 비트적비트적 일어섰다. 행여 앞으로 고꾸라지지나 않을까 내가 오히려 조마조마했다. 그는 비틀비틀 걸어서 내가 아까 올라온 사다리 계단을 내려갔다.

어쨌든 돌아가려던 참이었으므로 나도 일어나서 복도로 나와 마당을 내려다보기도 하고 맞은편 하늘을 바라보기도 하며 기다리고 있었는데, 그는 좀처럼 돌아오지 않았다. 따라

---

* '황금 박쥐'라는 뜻. 1906년부터 발매된 필터가 달리지 않은 궐련의 상표. 제2차 세계대전 중 '긴시金鵄'로 이름을 바꾸었다.

내려가볼까 말까 망설이던 차에 복도 맞은편 끝에 있는 또다른 쪽의 사다리 계단에서 그림자가 하느작하느작 올라왔다. 여름이어서 홑옷을 입고 있었는데 옷자락이 벌어져서 정강이가 다 드러났다. 그는 몸도 제대로 가누지 못해 전후좌우로 비틀비틀 다가와서는 두 손을 내밀었다. 나란히 붙여 내민 두 손바닥 위에 은화와 동전이 섞인 잔돈이 수북했다. 흡사 뒤주에 양손을 푹 집어넣고 고봉으로 쌀을 퍼온 듯한 모습이었다.

아쿠타가와 자신도 앞으로 내민 양손을 감탄한 표정으로 바라보았다. 어째서 그렇게 많이 가져왔느냐고 묻자, 동전 지갑을 열다가 쏟았다고 하기에 자네 돈이니까 직접 집어서 달라고 했다.

아쿠타가와가 손바닥에서 집어준 10전짜리 은화 한 닢을 든 채 그에게 작별 인사를 했다. 그가 서재에 잠깐 들어가 흑단 책상 위에서 양손을 벌리자, 찰그랑거리며 떨어진 잔돈이 굴러가며 근처에 흩어졌다.

나는 그 10전짜리 은화를 들고 밖으로 나가 전차를 타고 차장에게 표를 샀다.

그 시절 나는 집을 나와 홀로 와세다早稻田의 종점 근처에 있는 하숙집에서 숨죽인 채 살고 있었다. 아쿠타가와에게서 10전짜리 은화 한 닢을 받고 하루 이틀 뒤, 하숙집 전화로 그가 자살했다는 연락을 받았다.

우치다 햣켄 기담집

3.

나는 중산모*를 좋아해서 어디든 쓰고 다녔다. 마지막에는
스탠딩 칼라 양복에 중산모를 썼으니 지금 생각하면 좀 우스
꽝스러웠겠다 싶기도 하다. 그래도 나는 전혀 개의치 않고 태
연히 그 차림으로 사람들을 만나러 갔다. 아쿠타가와는 내가
오죽 걱정되었으면 얼굴을 볼 적마다 무섭다고 노래를 하곤
했다.

2층 서재로 갔으나 집주인인 아쿠타가와는 없었다. 그를
기다리는 동안 나중에 온 손님 일행 역시 2층으로 올라왔다.
세 명 중 두 명은 여자였다. 모르는 얼굴이기도 하거니와 주
변이 혼잡해서 그 사람들에게 고개만 끄덕하고 객실 안쪽으
로 들어갔다. 책상을 지나 더 안쪽에 놓인 책장 곁으로 갔다.
그림자가 진 벽에 기대어 가만히 있었다.

시간이 한참 흐른 뒤 아쿠타가와가 올라왔다. 그때는 아
직 건강할 때여서 2층에 와 있는 세 명의 손님에게 살갑게
말을 건넸다. 그들이 재미있게 이야기하는 소리를 들으며 잠
자코 있다 말할 기회를 살펴 벽 옆에서 슬며시 아쿠타가와를
불렀다.

그 소리에 아쿠타가와는 앉은 채로 화들짝 놀랐다.

---

* 꼭대기가 둥글고 높은 서양 모자. 예장용은 검은색, 승마용·산책용은 회색이나
밤색이 일반적이다.

"앗, 깜짝이야."

그는 호들갑스럽게 소리치고는 진지한 얼굴로 나를 보았다.

"가슴이 철렁했네. 그렇게 어두운 곳에서 불쑥 튀어나오면 얼마나 무서운지 알아?"

"아까부터 여기 떡하니 앉아 있었는데 무슨 소리야."

"그래서 자네더러 무섭다는 거야. 꾸어다놓은 보릿자루처럼 앉아 있거든."

"조심스러워서 그래."

"아무리 그래도 시커먼 양복을 입고 컴컴한 곳에서 그렇게 불쑥 나오면 얼마나 무서운지 알기나 해? 하여간 별나다니까." 이렇게 말하고는 세 명의 손님에게로 시선을 돌려버렸다.

그 후에는 나도 숙맥처럼 굴지 않고 마구 따지고 떠들었다. 입에 침이 고이도록 줄기차게 혼자 까불었다.

너무 어색하고 민망한데다 딱히 용건도 없었기에 세 명의 손님보다 먼저 돌아왔다. 그러나 아쿠타가와의 신변에 뭔가 석연치 않은 일이 일어나고 있는 듯해서 기분이 언짢았다.

4.

입춘으로부터 88일째 되는 날八十八夜*, 아쿠타가와의 집에 가려고 나섰다. 어쩌다 길을 잃었는지 낯선 공터가 나와 어디로 가야 할지 막막했다.

초저녁에 서둘러 나왔으나 좀처럼 해가 저물지 않았다. 아직 벌판의 지면에 푸르스름한 빛이 남아 있었다. 어디든 초목이 움트는 계절이건만, 무슨 이유에서인지 공터는 온통 맨땅이고 그저 한가운데쯤에 커다란 나무 한 그루가 저녁 하늘을 향해 우뚝 솟아 있었다. 발밑은 밝았으나 나무 꼭대기를 쳐다보니 어두웠다. 점점 숨이 막히며 가슴이 옥죄여 횅한 벌판에 서 있기가 불안했다. 큰 나무의 밑동으로 가서 줄기에 기댄 채 어떻게 할까 생각했다.

벌판 끝에 있는 주택가의 지붕 맞은편에 언덕 같은 형체가 보였다. 짐작건대 아쿠타가와의 집이 있는 곳이 분명하다. 벌판을 가로질러 그쪽으로 갈 수 있는 길을 찾으면 되련만 여의치가 않다. 가만히 서 있어도 가슴이 답답한데, 그쪽으로 가려니까 한층 더 불안했다.

꼼짝 못 하고 그 자리에 서 있는 동안 드디어 해가 저물고 공터는 커다란 암흑 덩어리로 변했다. 건너편의 집들 사이로

---

* 5월 1, 2일경. 파종의 적기다.

새어 나오는 빛이 점점이 날카롭게 빛났다. 그 가운데 한 줄기 빛이 곧장 내 눈으로 날아와 신호하는 것 같다. 불안하고 섬뜩해서 이대로 있을 수는 없다.

마침내 눈 딱 감고 다바타 근처까지 갔으나 단념하고 그대로 되돌아왔다. 포기하고 돌아서려는데 울음소리가 들렸다. 무엇이 우는 소리인지 알쏭달쏭했다. 돌아가려고 걸음을 내딛자, 아까만큼 가슴이 답답하지는 않았다. 어두워진 뒤로 별안간 주변이 따뜻해진 것 같았다.

5.

친한 친구가 정신 이상으로 병원에 입원한 사건은 아쿠타가와에게 엄청난 충격인 듯했다. 얼굴만 보면 나더러 돌았다느니, 미친놈이라느니 지껄였다.

"그렇게 말하는 까닭은 그저 정신병자라는 사실을 자각하지 못할 뿐이지, 결코 자네가 건강하다는 증거는 아니야"라고 하면서 내 눈을 말똥말똥 바라보았다.

평소처럼 서재에서 이야기하다가 막간에 이런 말을 했다.

"오늘 그 친구에게 병문안을 갈까 해. 미안하지만 거기까지 함께 가자."

그는 일단 아래층으로 내려가서 옷을 갈아입고 왔다. 나갈 채비를 해두었던 모양인지, 집안 식구가 건넨 과자가 담긴 듯

우치다 핫켄 기담집

한 나무 상자와 보따리를 안고 외출했다.

걸어가는 동안 내가 무슨 바람이 불어서 병문안을 다 가느냐고 묻자, 한결 차분하게 기어드는 목소리로 무섭다고 말하고는 잠자코 있다.

전찻길로 가는 길모퉁이에 집 두세 채가 있었는데, 그 앞의 책방으로 성큼성큼 들어갔다. 아직 작별 인사를 하기 전이어서 나도 함께 들어갔다.

가게 안에서 이런 말을 했다. "내가 새로 쓴 책이 나와서 자네 주려고 따로 챙겨뒀는데 손님이 가져가버렸어. 내 책을 책방에서 돈 내고 사려니 기분이 묘하네. 우선, 돈이 아까워."

책장에서 『후난성의 부채湖南の扇』를 한 권 빼서 연갑*을 꺼내더니 계산대에서 서명해주었다. 가게에서 포장지에 싸준 그 책을 받아 들고 함께 밖으로 나갔다.

과자 상자를 안고 있던 아쿠타가와는 병문안을 가기 위해 내가 탈 전차와는 반대 방향의 전차를 타고 갔다. 내가 가는 방향의 전차는 좀처럼 오지 않았다. 『후난성의 부채』를 싼 포장지가 손기름 때문에 손바닥에 들러붙었다.

---

* 벼루, 먹, 붓, 연적 따위를 넣어두는 납작한 상자.

6.

처음 다바타에 있는 아쿠타가와의 집을 찾아갔을 때는 안내한 2층의 서재에서 기다렸으나, 아무리 기다려도 올라오지 않았다. 손님이 기다린다는 사실을 잊은 건가 싶을 즈음, 그가 사다리 계단을 올라왔다.

가문 문양을 넣은 검은색 하오리黑紋付에 하카마를 입고 흰 버선을 신은 채 우두커니 선 그가 내 앞에 앉았다.

"미안, 미안. 너무 오래 기다리게 했지. 오늘 혼례를 올릴 예정이어서."

내가 어리둥절해서 바라보자 계속해서,

"내 혼례야"라며 흥미로운 표정으로 내 얼굴을 쳐다보았다. "그런데 아직은 괜찮아."

당시에 아쿠타가와는 요코스카 해군기관학교의 교관이었고, 나도 일주일에 하루씩 겸임 교관으로 나가고 있었다. 신혼인 아쿠타가와는 가마쿠라에 집을 짓고 가끔 도쿄로 나왔던 모양이다.

그 당시는 아직 도쿄와 요코스카를 오가는 전차가 없었고, 이등칸은 물론 일등칸까지 연결편 기차로 운행하고 있었다. 지금과는 달리 일등칸과 이등칸 모두 좌석이 창을 따라 길게 나 있었으므로 나는 요코스카에서 돌아오는 기차에서 구두를 벗고 창 쪽으로 앉아 있었다.

우치다 햣켄 기담집

기차가 가마쿠라역에 도착했을 때, 우연히 아쿠타가와와 그 새색시가 나와 같은 열차의 객실에 탄 사실을 알게 되었다. 누군가 말을 걸어서 돌아보니 그였고, 자신의 부인을 소개해주었다. 당황하여 어쩔 줄 모르던 나는 무릎을 꿇고 단정하게 앉아서 바닥에 손을 짚고 처음 본 신부에게 결혼 축하한다고 인사했다. 방금 객실에 들어온 부인 역시 선 채로 거북해하며 인사했다. 그 광경을 본 아쿠타가와가 다시 출발한 흔들리는 기차 안에서 몸을 비비 꼬며 자지러지게 웃었다.

7.

이미 저녁이었을지도 모른다. 어둑어둑한 서재에서 키 큰 아쿠타가와가 교창交窓(란마欄間)에 걸린 액자 뒤로 손을 뻗더니 100엔권 지폐를 꺼내서 건넸다.

돈이 쪼들려서 의논을 하고 있었는데, 웬걸 그 자리에서 바로 변통해주었다.

아주 오래전이므로 당시의 100엔은 지금의 2만 엔 정도이거나 더 큰 액수일 수도 있다.

"자네는 내가 제일 잘 알아. 나는 안다고"라며 그가 말했다.

"부인도 어머님도 진짜 자네를 모르지."

그리고 또 언젠가는 이렇게 말했다.

"소세키 선생님의 문하에서 자네를 잘 아는 사람은 스즈키

미에키치鈴木三重吉(1882~1936)*와 나쁜이야."

아쿠타가와가 자살한 그해의 여름은 숨이 턱턱 막히는 무더위가 며칠이나 이어졌다. 나는 그가 너무 더워서 죽었다고 생각하기로 했다. 원인과 이유는 여러 가지였을 테지만, 내생각에 아쿠타가와는 역시 무더위 때문에 죽었다.

8.
거북이 운다
꿈속은 쓸쓸한 연못가
거북이 운다
둑 위의 적송 어스레하다

龜鳴くや, 夢は淋しき池の緣, 龜鳴くや, 土手に赤松暮れ殘り.

---

* 소설가, 동화작가. 나쓰메 소세키의 문하생. 단편 「물떼새千鳥」로 인정을 받고 1918년 아동 잡지 『빨강새赤い鳥』를 창간하여 아동문학 발전에 큰 공을 남겼다. 소설 『어린 새의 둥지小鳥の巢』 『오디桑の實』 등이 있다.

구름발

해 질 녘 집으로 가는 전차가 고가철도를 달릴 때 창밖을 보니 서북쪽 하늘에 보랏빛 먹구름이 모여 있었다. 보이지는 않아도 하늘을 뒤덮은 구름발*이 이리로 다가오고 있는 듯했다. 먹구름이 깊은 습곡을 향하고 있는 언덕에 우뚝 솟은 큰 건물의 탑 꼭대기를 집어삼켜서, 끝이 갈라진 불룩한 구름이 마치 한 줄기 연기 같다. 소나기구름인 것 같아서 역에서 내린 뒤 서둘러 집으로 돌아갔다.

아직 이른 시간인데도 집 안은 캄캄했다. 전깃불을 켜고 양복을 벗었다. 볼일이라도 보러 갔는지 집 안이 텅 비었다. 근처에서는 아무런 소리도 들리지 않았고, 주변이 점점 고요해졌다.

---

* 길게 퍼지거나 뻗어 있는 구름 덩어리.

거실에 켜진 전깃불은 바로 아래의 다다미만 밝혔고, 툇마루에는 전혀 다른 불빛들이 제멋대로 흐르고 있었다. 좁은 마당에서 빛이 들어오는데, 희한하게도 마당의 흙과 돌은 벌써 어두워졌고 뒷담과 높이 자란 풀잎에는 빛이 남아 있다.

현관문이 열리며 누군가 안으로 들어오는 발소리가 나더니 돌연 여자의 목소리로 거리낌 없이,

"이상해. 집에 없나?"라고 했다.

상대방의 음성 탓인지 거실에서 그 목소리를 듣자 별안간 화가 났다.

현관에는 화려한 색깔의 여름용 홑겹 하오리를 입은 혈색이 나쁜 여자가 서 있었다.

"어머나, 실례합니다. 한참 찾았어요."

"누구시죠?"

"기억 못 하시는군요. 야마이의 아내입니다."

그 말에 퍼뜩 기억이 살아나서 깜짝 놀랐다. 야마이는 옛날에 나를 괴롭혔던 교사 출신의 고리대금업자였다.

꽤 오래전에 죽었다던데, 그의 아내가 뭐 하러 찾아온 거지? 아직도 빚이 남았나?

내 기억으로는 그럴 리가 없다.

여자는 현관문을 반쯤 열어둔 채 봉당에 우두커니 서 있다. 길에서 들어오는 가물가물한 빛이 등 뒤로 비쳐서 탁한

물속에 비친 그림자 같았다. 이윽고 손에 든 보따리를 그 자리에 놓더니,

"별고 없으셨어요?"라고 깍듯하게 인사했다.

"네, 고마워요."

어쩐지 아니꼽기도 했고, 무엇보다 상대방의 속셈을 모르니 섣불리 대답해서는 안 될 것 같았다. 야마이가 죽은 얘기를 꺼냈다가 누구한테 들었느냐고 되물으면 오히려 성가실 수도 있다. 공연히 그 얘기를 꺼냈다가 동료와의 나머지 거래까지 따지려 들지도 모른다.

"좋은 집에 사시네요."

"좋기는요."

"직장은 바쁘세요?"

"방금 퇴근했어요. 공교롭게도 아무도 없어서 들어오란 말도 못 하겠군요."

"아니에요. 저도 급한 일이 생겨서 왔거든요."

"실례지만 그 댁에서 제게 아직 볼일이 남았습니까?"

"아니요. 이제 그런 용건으로 찾아뵙는 일은 없을 거예요."

그러고는 꼼지락꼼지락하면서 구부정한 자세로 바닥에 놓아둔 보따리의 매듭을 풀었다.

"그래도 무엇보다 건강하셔서 정말 다행입니다. 남편도 항상 그렇게 말했지요."

"그래요?"

"이런. 내 정신 좀 봐. 죽은 남편 얘기가 나와서 말이지만, 남편은 선생님을 대단히 숭배했습니다. 돈놀이는 했을망정 참으로 대인배였어요. 그래서 자연히 선생님의 인품도 이해할 수 있었지요. 아아, 안타까워요. 이 매듭의 주인을 찾아주려고 왔습니다."

야마이는 악랄해서 조금도 사정을 봐주는 법이 없다. 기한을 넘기면 바로 압류하러 왔다. 십 수 년 전, 내가 집을 비운 어느 날 저녁 우리 집에 찾아와서는 오늘까지 갚겠다고 약속해놓고 아직도 감감무소식이냐, 이런 식으로 나온다면 내일 아침에 곧장 전부명령轉付命令* 절차를 밟겠노라고 으름장을 놓고 돌아갔다고 했다.

11시쯤 돌아와 현관에서 그 이야기를 듣고는 가만둘 수가 없어서 그길로 곧장 야마이의 집으로 갔었다.

그의 집까지의 거리가 상당했으므로 아마도 12시 가까이 되어서야 도착했던 듯싶다. 빌린 돈을 갚기 위해서가 아니라, 돈을 아직 마련하지 못했으니 며칠 말미를 달라고 사정하기 위해서였다.

아무리 앞문을 두드려도 일어나 나오는 사람이 없었다. 결

---

* 채무자가 제삼자에 대한 채권을 압류한 경우 채권자의 신청으로 그 채권을 액면 가격으로 채권자에게 이전하는 집행 법원의 명령.

국은 그대로 좁은 골목을 빠져나와 가로등이 밝게 켜진 전찻
길로 나오던 중 웬 젊은 여자와 함께 있던 야마이와 마주쳤
다. 그와 나는 동시에 서로를 알아보고,

"이야, 이게 누구신가. 이 시각에 어디 가시는 길이세요?"
야마이가 평소와는 전혀 다른 투로 말했다. 가까이 가보니 얼
큰하게 취한 듯했다.

"마침 잘 만났습니다. 방금 댁으로 찾아갔었거든요."

"그런가요? 실례했군요. 이쪽은 집사람입니다. 잘 부탁드
립니다. 실은 바로 얼마 전에 결혼했어요. 오늘은 함께 만담
을 들으러 갔었습니다. 돌아오는 길에 잠깐 다른 곳에 들러서
귀가가 늦어졌습니다. 대단히 죄송합니다. 어떠세요, 저희와
함께 다시 집으로 가시겠어요?"

"오늘은 늦었으니 이만 실례하겠습니다. 실은 오늘 저희
집에 오셨었다고 해서 왔거든요."

"아아, 아니, 뭐, 그 일이라면 다음에 얘기해도 괜찮아요."

"그러나 저로서는."

"아니, 그 얘긴 나중에 다시 상의하기로 하죠. 지금 저희
집에 들렀다가 가실 거죠? 집사람이 홍차를 기막히게 끓이는
데 대접하고 싶거든요."

젊은 아내는 야마이의 뒤에 꼭꼭 숨어서 코빼기도 제대로
비치지 않았다.

그리고 나중에도 여러 번 야마이의 집을 찾아갈 일이 있어서 그 아내와는 말도 섞고 낯을 익혔으나, 10여 년 전 내가 몹시 궁핍해진 뒤로는 왕래가 끊겼으므로 야마이가 죽었다는 얘기도 한참 후에야 소문으로 들었을 정도다. 그런데 그 부인이 오늘 왜 찾아온 거지? 게다가 제법 흥분한 듯이 보인다. 알다가도 모를 일이어서 잠자코 보고만 있었다.

겨우 보따리를 풀고 종이에 싼 커다란 꾸러미를 꺼냈다.

색실로 만든 미즈히키 매듭水引*이 묶여 있었다.

여자는 내게 꾸러미를 내밀며 드시라고 정중히 말했다.

상대방 속셈이 뭔지 전혀 짐작이 가지 않아서 살살 구슬리며 거절했으나 막무가내였다.

"아니요, 그런 말씀하시지 마세요. 그저 제 마음입니다. 좀 더 일찍 찾아뵈려고 했으나 결국 이리 되었네요. 그나저나 아직도 저 사람들과 어울리십니까? 그만두세요. 귀신입니다. 진짜니까 제 말 믿으세요."

훌훌 털어서 예쁘게 접은 보자기를 수건 짜듯이 꽉 움켜쥐었다.

"뭔지도 모르고 이런 것을 넙죽 받을 수는 없어요."

"아이고, 또 그 말씀이시군요."

----

* 종이를 비벼 꼬아서 만든 가느다란 끈 여러 개를 합쳐 풀을 먹여 굳히고, 중앙에서 색을 갈라 염색한 끈.

생글생글 웃는 얼굴을 보자 문득 쓸쓸한 기분이 들었다.

여자는 "이만 실례하겠습니다"라며 밖으로 나갔다. 칙칙한 아스팔트 위에 엎어놓은 밥공기만 한 젖은 얼룩이 점점이 흩어져 있고, 거기만 하얗게 빛났다.

굵은 빗방울이 떨어진 흔적이리라. 밖으로 나간 여자의 발소리가 대그락대그락 울리며 멀어져갔다.

현관 문턱에 두고 간 종이에 싼 꾸러미를 들고 거실로 돌아갔다. 손에 들었더니 이상하게 묵직했다. 종이를 만지자 안에서 귤 바구니 같은 것의 귀퉁이가 나타났다. 바구니의 틈새로 털이 보였다. 놀라서 종이를 찢었더니 바구니 안에 살아 있는 흰토끼*가 있었다. 가방처럼 생긴 대나무 바구니의 양 끝을 끈으로 묶고 몸통의 한복판에는 종이를 만 뒤 미즈히키 매듭으로 질끈 졸라맸다.

미즈히키 매듭을 풀고 종이를 찢자 바구니의 한가운데가 스르르 벌어졌다. 그와 동시에 이제껏 센베이 과자처럼 납작 엎드려 있던 토끼가 내 손을 피해 툇마루로 튀어나와서는 몸을 부르르 떨었다. 등뼈부터 허리 주변을 만졌을 때의 촉감이 고양이 같아서 오싹했다.

토끼가 빨간 눈으로 나를 보았다.

---

* 토끼는 예로부터 지혜와 복덕의 상징으로, 그 판화를 대문에 붙이거나 몸에 지니고 다니면 재난을 극복하고 소원을 이루게 해주는 수호신 역할을 했다.—옮긴이

마당의 뒷담 한 곳에 기모노의 장식용 끈(너비 30센티미터 가량)만 한 적갈색 양달이 생겼으나, 당장이라도 사라질 것 같다.

서쪽 하늘의 조각난 구름 때문이려니 했으나 뭔가가 약간 뒤죽박죽인 기분이 든다. 마당의 흙과 돌은 아까보다 칙칙했다.

뒷담에 양달이 생겨서 한층 어두워졌다. 식구들은 어디까지 볼일을 보러 간 걸까. 토끼가 툇마루 위에 엉거주춤하게 서 있다. 마당의 응달과 양달을 등지고 이상한 짓을 하는 듯해서 재떨이를 집어 던졌더니 그 자세 그대로 1자尺(약 30.3센티미터)가량 튀어 올랐다.

우치다 핫켄 기담집

어젯밤의 구름

　근처의 이발소에 면도하러 간 사이에 돌연 해가 저물었다. 밖으로 나가 골목을 돌았더니 곧게 뻗은 길 건너편에 커다란 붉은색 달이 두둥실 떠올랐다. 달을 보면서 걷는 사이 붉은 달이 작은 조각구름 사이로 숨어서 주위가 확 어두워졌다. 뒷골목이어서 가로등도 적은 데다 비 갠 뒤의 물웅덩이를 요리조리 피해서 걷느라 힘들었다. 발밑은 새카만데 일대의 하늘은 밝았다. 구름 안에 숨은 달빛이 흘러서인지, 아니면 해 질 녘의 햇빛이 남아서인지 위를 보니 마음이 놓였다.

　달을 감싼 시커먼 조각구름이 오른쪽으로 흘러간다. 기분이 매우 쓸쓸하다. 아까 각로* 옆에서 선잠을 잘 때 문득 현관문을 열고 들어온 아오치와 몇 마디 주고받았다. 그런데 얼

---

* 구멍이 있는 그릇에 숯을 피워 담고 담요 등으로 덮는 일종의 화로.

굴은 비슷하지만 실은 아오치로 둔갑한 도요지로였다.

나에게 들키자 도요지로는 이내 사라졌으나 두고두고 불쾌했다. 도요지로와 아오치는 원래 아는 젊은이들이다. 그러나 나를 놀라게 할 속셈이었다면 모를까, 서로의 모습으로 둔갑까지 할 정도로 친한 사이는 아니었다.

그 사이 몹시 어두워져 제대로 걸을 수가 없다. 항상 다니던 익숙한 길이 오늘따라 유난히 더 길게 느껴졌다. 그때 갑자기 환한 큰길이 나왔다. 건너편의 양과자점에 반짝반짝 전깃불이 켜지고 그 앞을 엄청나게 큰 자동차가 슝, 슝, 슝, 하며 지나갔다.

큰길의 보도에 서서 주변을 둘러본 뒤에야 길을 잘못 들었음을 깨달았다.

반초番町*에 땅거미가 졌다. 싫어하던 여우가 사람으로 둔갑한다고 해서 말이 통하는 것은 아니라고 생각하면서 뒷골목이 아닌 큰길로 돌아서 왔다. 그다지 먼 길을 지나온 것도 아닌데 몸이 녹초가 되어 기진맥진했다.

현관이 캄캄해서 왜 등을 켜지 않는지 의아해하며 격자 미닫이의 유리문을 열고 안으로 들어갔다. 어둠 속에서 뭔가 냄새가 나고 어렴풋한 사람의 온기가 느껴졌다.

---

* 도쿄 지요다구千代田區 이치반정一番町에서 로쿠반정六番町까지의 통칭. 에도 시대에는 에도성, 교토 니조二条성, 오사카성을 교대로 경비하던 무사大番組가 살았다.

우치다 햣켄 기담집

"어머, 다녀오셨어요"라고 했다. "이제나저제나 돌아오시기를 기다렸습니다."

봉당이 좁아서 몸이 살짝 닿았는데 마치 곤약처럼 부드러웠다. "우훗" 하고 여자 목소리가 났다. 화들짝 놀란 나는 집 안으로 들어가려고 손을 더듬거리면서 "누구세요?"라고 물었다.

"네? 접니다. 아마기예요"라며 좀 전의 그 목소리가 말했다.

방 벽을 손으로 더듬어 스위치를 찾아 불을 켰다. 방 안은 확 밝아지지 않고 서서히 밝아졌다. 아마기 씨와 처음 보는 커다란 여자가 봉당의 툇마루에 걸터앉아 있었다.

"죄송합니다. 아무도 안 계십니까?"

"그런 모양입니다."

두 사람 모두 내가 안으로 들어오라는 말을 하기도 전에 맹장지를 열자마자 뒤따라 들어왔다.

나는 아마기 씨와 그 여자를 마주하고 앉아서 인사했다.

"잠깐 근처에 왔다가 실례했습니다."

"잘 오셨습니다."

"이쪽은 저의 집사람입니다. 사귀어두면 좋을 것 같아서 데리고 왔습니다."

"와주셔서 참으로 감사합니다. 처음 뵙겠습니다"라며 꾸벅 인사를 했다.

여자는 "우훗" 하고 큰 몸을 배배 꼬면서 풀썩 주저앉아 절을 올렸다.

"처음 뵙겠습니다"라고 하더니 얼굴을 들고 처음 보는 남자의 얼굴을 유심히 쳐다보았다.

그러고는 손을 들어 손등으로 자신의 눈 주위를 문질렀다.

"뭐, 정확히 말하면 세 번째 부인입니다."

"아하"라고 맞장구를 쳤으나, 아마기 씨가 한 말을 잘 이해할 수 없었다.

"어머, 주책이셔."

여자는 교태를 부리며 옆에 나란히 앉은 아마기 씨에게 찰싹 기댔다.

"당신이 전부터 선생님을 꼭 한번 뵙고 싶다고 했었잖아."

"우훗."

"말씀 잘 새겨들어."

"당신이 있으면 곤란해요. 그렇죠? 선생님."

대꾸할 말이 궁해서 잠자코 있자, 여자는 다시 손을 올리더니 이번에는 코끝을 문질렀다.

"선생님, 저는 아이들 놀이를 무척 좋아합니다."

"아이들 놀이요?"

"네, 천진난만한 아이들을 무척 좋아한답니다."

"아하."

"큰 덤불, 작은 덤불 놀이를 아세요?"

"모릅니다."

"큰 덤불, 작은 덤불"이라고 여자는 노랫가락처럼 말하며 손등으로 이마와 눈을 문질렀다.

"호호호, 아시잖아요."

"아니요."

"안 되겠네요, 선생님은."

여자가 갑자기 무릎을 앞으로 내밀며 다가앉더니 나를 매섭게 노려보았다. "왜 모르시죠? 머리숱이 많으니 큰 덤불이잖아요? 그리고 눈썹은 작은 덤불이고요."

"아하."

"큰 덤불, 작은 덤불, 텅 빈 창에 벌집. 아시겠어요?"

"아니요."

"텅 빈 창은 눈이에요. 콧구멍은 두 개고 벌집 같지요."

또다시 손을 올려서 찌푸린 얼굴을 어루만졌다.

"시냇물에 자갈, 치아예요. 선생님, 넋이 나가셨네요."

그러고는 손을 쑥 내밀더니 갑자기 내 귀를 잡아당겼다.

깜짝 놀란 내 얼굴에 입을 갖다 대고,

"목이버섯에"라고 하며 한층 소리를 높여서는 "곤약"이라고 외치더니 내 얼굴 바로 앞에서 몇 배나 긴 시뻘건 혀를 날름 내밀었다.

놀라서 얼굴을 뒤로 빼려고 하자 재차 귀를 꾹 잡아당겼다가 놓았다. 그리고 자기 자리로 돌아가 얌전히 양손을 무릎 위에 포개고 "우훗, 우훗, 우훗"이라고 했다.

아마기 씨가 조용한 목소리로,

"이 사람이 왜 이래"라며 제지했다. "흥분 좀 가라앉혀."

"그게 무슨."

"선생님의 귀는 어때?"

"정말로 목이버섯이야. 차갑고."

눈을 들어 다시 한 번 내 얼굴을 응시했다.

"갉아먹어볼까. 박박."

내가 경계했더니 눈을 피하며 "우훗" 하더니,

"자아, 이제 가시죠"라고 했다.

여자는 무릎 위에 얹은 손으로 무릎을 두드리며 일어서더니, 갑자기 아까와는 다른 쪽 맹장지로 휙 나갔다.

아마기 씨 역시 뒤따라 일어서더니 인사도 없이 휙 나갔다.

나는 당황해서 말했다. "차도 드리지 못해서 죄송합니다."

그러자 "이제 돌아가실까요?"라고 했다.

약간 정신이 또렷해졌다.

"뭐라고요?" 되물으면서 자리에서 일어서려고 하자 두 사람은 벌써 출입구까지 나아갔다.

"잠깐 나가실까요?" 아마기 씨의 목소리가 들리고는 이내 확 멀어졌다.

속이 메슥메슥하고 역겨웠다. 게다를 아무렇게나 신고 급히 밖으로 나갔더니 환한 하늘에 짐승의 꼬리처럼 생긴 열구름이 떠 있었다. 아까 본 먹구름 덩어리가 흩어져서 길어진 건가 싶었다. 미적지근한 바람이 불어왔다. 바람에서 냄새가 났다.

그 두 사람은 어디로 갔을까. 넓은 길에 그림자조차 없었다. 멀리서 게다를 신고 걷는 소리가 들렸다. 거침없이 다가오는 발소리로 식구가 돌아왔음을 알았다. 그 발소리가 가까워질수록 점점 정신이 또렷해졌다.

느닷없이 눈앞에서 "다녀왔습니다"라고 했다.

마음이 놓여서 정신을 차리고 보니, 좀 전에 들었던 게다를 신고 걷던 발소리가 여전히 들렸다.

그렇게 생각한 순간 "우훗" 하는 소리가 들렸다.

게다를 신고 종종걸음을 치는 그 발소리는 바로 앞에서 멎었다.

"잠깐 거기 누가 있어요?"라고 하는 식구의 목소리가 들렸다.

간덴안의 여우

10.

이튿날 아침, 아니, 아침은 아니지만 어쨌든 일어나서 방 밖의 고란勾欄*에서 신지호宍道湖를 바라보았다.

비와호琵琶湖의 4분의 1이나 5분의 1정도밖에 되지 않지만, 그래도 꽤 큰 호수다. 맞은편의 하늘을 찌를 듯 병풍처럼 둘러싼 주고쿠산맥中國山脈**에는 쾌청한 가을 하늘의 아름다운 흰 구름이 걸렸다 떨어졌다 했다. 오늘로 벌써 일주일 혹은 열흘가량 비는커녕 흐린 날도 없이 날씨가 화창했다.

맑게 탁 트인 하늘 아래에 펼쳐진 신지호 역시 맑았다. 저 멀리 주고쿠산맥에 인접한 호숫가의 산줄기를 따라 서서히

---

* 구란勾欄이라고도 함. 궁전 등의 건물 주위나 복도 등에 있는 끝이 굽은 난간.
** 일본 돗토리현, 시마네현, 오카야마현, 히로시마현, 야마구치현 등 5개 현을 일컫는 주고쿠 지방에 있는 산맥으로, 동쪽의 효고현부터 서쪽의 야마구치현 해안까지 500킬로미터에 걸쳐 동서로 뻗어 있다.

우치다 핫켄 기담집

서쪽으로 돌아가면, 산이 낮아지며 멀어지다가 이윽고 자취를 감추고 만다. 신지호의 수면이 끝없이 이어져서 산이 사라진 호숫가 주변은 난바다인 동해로 이어지는 듯싶었으나, 신지호는 주머니 모양이므로 그럴 리가 없다. 물어보니 그쪽의 호수 주변은 히카와평야簸川平野(이즈모평야出雲平野의 다른 이름)라는 밭이라고 한다. 밭은 지대가 낮아서 멀리서 보면 물과 구분이 안 된다. 봄이 되면 비와호처럼 유채꽃이 피고 호수 위로 노란 나비가 날아다니려나 하는 생각이 문득 들기도 했다.

아무개 씨가 말한 대로 이곳은 정말로 조용했다. 낮이어서 무슨 소리가 나긴 나는데, 그 소리가 하나하나 따로따로 들렸다. 다양한 소리가 하나로 합쳐진 소음 같은 것이 아니었다. 통통배 한 척이 통통통 엔진 소리와 엇박자로 탈탈거리면서 호수 위를 미끄러져 갔다.

얼마 후 마쓰에대교松江大橋 위에서 게다 소리가 들렸다. 낮이어도 또렷이 들렸다. 걸어가는 사람이 내 게다 소리를 확인하면서 걷는 듯한 기분이 들었다. 어쩌면 소리가 수면 위로 전해져서 그렇게 또렷이 들린 것일 수도 있다.

호수 맞은편의 산기슭으로 기차가 흰 연기를 길게 휘날리며 달려왔다. 산 그림자가 어두침침해서 띠 모양의 흰 연기가 유난히 눈에 띄었다. 시간으로 짐작건대 마쓰에역으로 가는 급행열차인 '이즈모出雲'의 상행선 702호 같은데, 그 속도가 상당히 빨랐다.

기차는 어느덧 호숫가의 오카노하나丘の鼻를 돌아서 가버렸다. 이제 호수 위에는 통통배도 없다. 더는 구경거리도, 들을 거리도 없어서 심심했다. 애초에 무슨 목적이 있어서 마쓰에에 온 것은 아니니 당연했다. 턱을 문지르자 어느새 잡아당길 수 있을 만큼 수염이 자라 있었다. 여행하느라 면도를 못 했으니 생각난 김에 말끔히 깎기로 했다. 그러나 직접 면도하려니 귀찮아서 이발사에게 깎아달라고 하기로 마음먹었다.

잠시 후 이발사가 왔다고 해서 봤더니 젊은 미인이 인사를 하며 들어왔다. 하긴, 이발사가 꼭 남자라는 법은 없다. 그냥 막연히 남자 기술자가 오려니 했다가 내심 놀랐을 뿐이다. 황송하게도 미인이 면도해줘서 턱이 매끈매끈해졌다. 그녀는 한마디도 하지 않고 돌아갔다. 이상한 영감의 희끗희끗한 수염을 깎아달라고 하기가 왠지 미안해서 아첨이라도 해볼까 했으나, 입술 주위에 면도칼을 들이대고 있는 상황에 가당치도 않았다.

자, 아래턱이 깔끔해지고 날씨도 좋으니 이제 어떻게 할지 의논했다. 산케이山係*가 마쓰에에 가본 적이 있고 마쓰에성

---

* 산케이란 둘 이상의 서로 근접한 산맥이 거의 평행으로 뻗어 있는 것을 뜻하는데, 여기서는 핫켄의 제자로 알려진 히라야마 사부로平山三郎를 가리킨다. 나쓰메 소

松江城(일본의 국보. 지도리성千鳥城이라고도 함)도 안다고 했다. 달리 뾰족한 수가 없어서 일단 가보자고 했다.

자동차를 불러서 아무개 씨도 함께 출발했다. 시내를 지나 성으로 가서 자동차를 타고 수로 근처를 돌아다녔다. 소나무였는지 다른 나무였는지는 잊었으나, 커다란 나무가 수로 건너편 물가에 쓰러져 있었다. 거목이 쓰러진 이유는 기억나지 않는다. 패트릭 래프캐디오 헌Patrick Lafcadio Hearn(1850~1904)*의 유적 앞에서 내렸다. 그런 곳을 군이 봐서 뭐 하나 싶어서 내키지는 않았으나, 마지못해 입구의 봉당 앞에만 서 있다가 차로 되돌아갔다.

이어서 간덴안曽田庵으로 간다고 했다. 간덴안은 후마이공不昧公**과 연고가 있는 다실茶室이라는 이유로 마쓰에의 명소 중 하나가 된 모양이었다. 그러나 아무래도 내키지 않았다.

세키의 유파에 속하는 작가이기도 하다. 평생을 우치다 핫켄의 신상에 관해 서술하고 연구했다. 핫켄의 대표작『바보열차阿房列車』시리즈에서는 핫켄을 모시고 여행하는 '히말라야 산케이ヒマラヤ山系'로 등장한다. 반면에 히라야마는 핫켄을 '요츠야 선생님四ヶ谷の先生'이라고 불렀다. 돈을 꿔가면서까지 일등석을 탄 핫켄은 별 목적 없이 열차를 탄 것 자체에 가치를 둔 이 여정에 '바보열차'라는 이름을 붙이고 여행을 떠난다.
* 일본에 귀화하여 고이즈미 야쿠모小泉八雲로 개명한 그리스 태생의 신문기자. 기행문 작가, 수필가, 소설가, 영문학자이기도 하다. 대표작으로는『눈보라 속 설녀의 예언, 세계 미스터리 호러 특급 문학』『부처의 나라 선집Gleanings in Buddha-Fields』『치타Chita』등이 있다.
** 마쓰다이라 하루사토松平治郷(1751~1818). 후마이는 호다. 복잡한 형식에 얽매이지 않은 독특한 '후마이류'라는 문화를 탄생시켜서 마쓰에가 차와 화과자 문화의 지역으로 발전하는 데 이바지했다.

그 고장 사람에게는 추억이 있는 곳인지 몰라도, 타지에서 온 나 같은 떠돌이에게는 그토록 각별한 의미가 없다. 그러나 어차피 차를 타고 움직이니, 에라 모르겠다 하는 심정으로 내버려두었다.

울창한 숲 아래에서 자동차가 멈췄다. 이제부터는 좀 걸어야 한다고 했다. 성가시지만 어쩌겠는가. 한쪽은 잡목 숲으로 덮이고 다른 한쪽에는 큰 소나무가 가로수처럼 늘어선 길을 걸었다. 완만한 비탈에서 차츰 높직한 곳으로 올라갔다. 수풀 속에서 섬휘파람새가 입맛 다시듯 쩍쩍 소리를 내며 울었다. 발밑의 길에는 큰 나무뿌리가 기어 다니듯 뻗어 있어서 걷기가 힘들었다. 어느새 길이 높아져서 아래의 얕은 골짜기에서 들려오는 닭 울음소리가 무척 멀게 느껴졌다.

연신 직박구리가 울고, 멀리 어딘가에서 때까치 소리가 들려왔다. 걷다보니 한쪽에 컴컴한 연못이 있었다.

잠깐 쉬면서 담배에 불을 붙였다. 이제 돌아가자고 했더니 아무개 씨가 바로 저 지붕이 간덴안이라고 했다. 그러나 간덴안에서는 차를 끓여서 대접한다고 하기에 폐 끼치기 싫어서 그냥 돌아가기로 했다.

그렇게 편안한 마음으로 다시금 천천히 담배를 피웠다. 그때 캄캄한 연못에 물결이 일었다. 뭐가 있나, 하고 생각한 순간 작고 검은 물고기가 수면 위로 튀어 올라와서 화들짝 놀랐

　　　　　　　　　　　　우치다 햣켄 기담집

다. 연못 위를 뒤덮은 새빨갛고 커다란 단풍나무 가지에 기울어가는 석양이 드리웠다. 컴컴한 연못 속에서 휘황찬란한 물체가 움직여 수면에 파문이 일었다.

11.

간덴안에서 돌아오는 길에 차를 돌려서 마쓰에 시내를 빠져나갔다. 그리고 마쓰에대교를 건너서 신지호 주변의 텐진매립지天神埋立*로 나왔다. 키 작은 소나무가 늘어선 절벽에 푸른 물결이 밀어닥치는 요메가섬嫁ヶ島을 지척에서 바라보았다. 요메가섬은 넓적한 판자 위에 나무를 얹어놓은 것 같은 모양의 작은 섬이다.

빙글빙글 도는 차 안에서 여러 장소에 관한 설명을 들었으나 모두 잊어버렸다. 이윽고 마쓰에대교의 하류에 있는 신오하시新大橋를 건넜다. 상류와 하류가 각각 어느 쪽인지는 아리송하지만 내 짐작으로 이곳은 하류였다. 동해로 이어지는 육지 깊숙한 곳에 위치한 나카노우미中ノ海**와 그 안쪽의 주

---

* 100년 전 이곳에는 오하시강과 텐진강天神川을 건너서 남북으로 길게 성으로 둘러싸인 도시가 자리하고 있었다. 1908년에 개통한 산인선山陰線의 마쓰에역이 시라카타白潟 지구의 밭에 생겼다. 마쓰에대교, 현립미술관 등 철도의 서쪽과 신지호 온천 부근은 매립지였다.
** 나카우미中海라고도 함. 시마네현島根県 마쓰에서, 야스기시安来市와 돗토리현의 사카이미나토시境港市, 요나고시米子市에 걸쳐 있는 호수. 동해 쪽으로 열린 만의 입구가 모래톱으로 인해 막혀서 만들어졌다. 동쪽은 동해(미호만美保湾)로, 서쪽은 오하시강을 통해 신지호로 이어진다.

머니처럼 생긴 신지호를 잇는 좁은 수로를 오하시강이라고 하며, 거기에 걸린 다리가 마쓰에대교와 신오하시다. 신오하시를 건넌 뒤 그만 돌아가자고 할 생각이었다. 어딜 구경하든 재미는 없었다. 애초에 마쓰에에 온 목적은 관광이 아니라, 그냥 기차를 타고 먼 곳까지 무작정 왔을 뿐이었다. 그러나 여행을 일단락지어야 했고, 그래서 마쓰에에 묵고 있다. 밖으로 나가 싸돌아 다녀봐도 따분하고 돌아간다고 했댔자 여관이다. 여관에 간다고 재미있는 건수가 생길 리도 없으나, 그냥저냥 시간이나 때우기로 했다.

여관으로 돌아가자 차를 끓여주었다. 맛있어서 한 잔 더 청해서 마셨다. 마쓰에에서는 누구나 차를 끓여서 마시며, 장인職人은 아침에 차 한잔 마시고 일하러 가는 풍습이 있다고 했다. 그나저나 일체 비밀로 했던 이번 여행이 오늘 결국 들통나는 바람에, 지역신문 관계자들이 잠깐이라도 좋으니 만나고 싶다는 연락이 왔다고 아무개 씨가 말했다.

난처한 정도가 아니다. 번거로워서 거절하겠다거나 나 같은 사람 붙들고 이야기하느라 공연히 시간 낭비하지 말라며 한사코 거절해도 막무가내다. 도망쳐서 숨을 수도 없는 노릇이니 이만저만 난처한 일이 아니었다.

특히나 오늘 밤도 느긋하게 쉬면서 곧은뿔중하(새우)를 곁들여 술 한잔 마시려는 참에 여럿이 따로따로 찾아와서 응접실로 불러낼 때마다 곤혹스러워서 견딜 수가 없었다. 나오기 싫다고 하면 방에서 얘기하자며 술자리까지 쳐들어오니 어색해서 미칠 지경이었다. 아무 잇속 없이 찾아온 사람과 편하게 마시는 술자리라면 언제든 환영이다. 그러나 그들 대부분은 잇속을 챙기러 왔으니, 필시 뭔가를 갱지에 받아 적은 뒤 술 마시다 말고 내뺄 것이다. 그러고는 돌아가는 길에 어리숙한 영감이라며 뿌듯해하겠지. 술을 마시면 별로 영리하게 처신하지 못하는 걸 알기에 그러려니 한다. 그러나 일부러 도쿄에서 마쓰에까지 '질질 끌려'와서 본색을 드러내려니 내키지 않았다.

만나러 오시겠다면 만나겠지만 모쪼록 한꺼번에 왕림해주시기 바랍니다. 그렇게 해주신다면 술상에 앉기 전에 응접실로 나가겠습니다. 이렇게 말하기로 했다.

잠시 후 그들이 우르르 몰려왔다고 알려줘서 복도를 따라서 갔다. 일일이 이름을 불러 인원이 맞는지 확인한 것은 아니지만, 10명 내지는 그 이상쯤 되었던 듯싶다. 응접실을 가득 메운 사람들을 보니 정말이지 기가 막혔다. 그들 중 몇 명은 사진기를 들었고, 틀에 박힌 질문이 이어졌다. 마쓰에의 인상은 어떠냐, 어떤 목적으로 왔느냐, 심지어 어떤 사람은 이곳의 술맛이 어떻더냐고 묻기도 했다. 질문에 답을 해야 했으므로 이곳에 온 건 내가 의도한 바는 아니라고 미리 양해를

구했고, 술은 오사카역에서 미리 사서 싣고 왔다고 털어놓았다. 비와호 주변의 밤 이야기를 하다가 술은 이 고장의 술을 가져가는 편이 좋다는 충고를 들었다. 여행 중에 술병을 들고다니는 것은 썩 좋은 취미가 아니라고 두루뭉술하게 대답해두었다. 그러나 이미 오사카역의 긴 정차 시간 동안 내가 좋아하는 고급 병조림과 함께 가져오기로 되어 있었다.

따라서 이 지역의 술에 관해 질문해도 실은 제대로 대답할수가 없다. 술맛이 오죽 별로면 대뜸 그런 질문을 하겠나 싶었다. 그 밖에 비와호의 떡붕어로 만든 초밥을 가져가라고 권했으나 거절했다. 신지호에 와서 비와호의 떡붕어 초밥을 맛본다는 건 신지호에 미안한 일이다. 이번에 새삼 알게 된 사실은 이 지역은 곧은뿔중하와 농어가 특산품이어서 다른 곳의 별미를 가져올 필요가 없다는 것이었다.

기자들을 상대로 시답잖은 소리를 하는 것으로 내 역할이끝난다면, 이렇게 사람들 틈에 끼어 있어도 성가시지 않을 것이다. 그러나 사진기를 들고 눈앞에서 번쩍번쩍 플래시를 터뜨리자, 본능적으로 불쾌하고 불안해서 이제 그만 좀 찍으라고 말했다.

지역 신문만이 아니라 오사카에 본사를 둔 신문의 특파원까지 나를 만나려고 여기까지 온 많은 사람을 헛걸음시킨 것같아서 미안한 마음이 들었다. 하긴 애초에 소득이 있으리라고는 기대도 하지 않은 사람들이 집적거리고, 놀리고, 사진까지 찍어 갔다면 내 꼴은 말이 아니었을 것이다.

사람들 가운데 왠지 낯이 익은 얼굴이 있었다. 타지에서 왔거나 아니면 이전에 다른 곳에서 만났던 사람 같기도 하다. 마쓰에는 초행이라 여기에 친지가 있을 리는 만무하다. 물론 기차 안에서 마주쳤을 수도 있으나 그럴 기회가 전혀 없었으므로 단지 막연한 느낌일지도 모르겠다. 그깟 일이 무슨 대수겠는가. 이야기를 마치고 자리를 뜰 때, 모두에게 꾸벅하고 인사하는데 그 얼굴과 또 눈이 마주쳤다.

12.

복도 중간에 반원형으로 휜 작은 다리가 있다. 바닥이 약간 들뜨고 폭신폭신해서 방으로 돌아가는 시간이 꽤 길게 느껴졌다. 돌아와보니 산케이가 혼자 오도카니 앉아 있었다. 이상하게 시무룩한 표정이었다.

"무슨 일이야?"

"하아."

"뭘 하고 있었어?"

"아무것도 안 했어요."

"얼굴이 왜 그렇게 우울해."

"제가요?"

하녀가 오더니 응접실에 아직 누군가 있다고 했다. 그럴 리가 없다. 벌써 모두 돌아갔을 텐데 무슨 소리냐고 해도 아까부터 기다리고 있다고 했다.

재차 복도를 따라서 응접실에 가보니 흐릿한 세로줄 무늬 옷에 낡아서 해어진 하카마를 입은 남자가 있었다.

"아직 제게 볼일이 남으셨습니까?"

남자는 고개를 돌리며 눈도 깜빡이지 않고 잠자코 있었다. 아까 봤을 때는 낯이 익었는데 그때와는 모습이 달랐다. 그리고 아까는 기모노를 입은 사람이 한 명도 없었다.

하염없이 그러고 있기에 왠지 나도 넋을 잃고 바라보았다. 용건이 없으면 방으로 돌아가겠다고 하려다가 귀찮아서 그만두었다.

산케이가 여관의 도테라縕袍*를 껴입고 왔다. 흐릿한 형체가 앞을 가로막고 섰다.

"선생님, 오래 기다렸어요."

"오래?"

"아직 멀었나요?"

"아직이라고까지 할 만큼 오래됐나?"

"상은 진작에 내왔어요. 음식들이 식습니다."

---

* 솜을 두껍게 둔 소매 넓은 방한용 실내복.

그래서 방으로 돌아가 산케이와 술을 마시기 시작했다. 오늘 밤에도 (신지호 7대 진미 중 하나인) 곧은뿔중하가 나왔다. 곧은뿔중하의 젖은 살갗이 반짝반짝 빛난다.

"어젯밤과는 맛이 다르군."

"그런가요?"

"우선 크기가 크잖아."

"제 것은 살아 움직여요. 보세요."

"한잔 더 따라주게."

"네."

"더."

"천천히 드세요."

"자네도 빨리 마시잖아."

"왠지, 이쪽 편이 춥습니다."

"나는 이쪽 편이 추워."

"제가 그 옆으로 갈까요?" "그래, 이쪽으로 옮겨서 둘이 나란히 앉자."

"이 상은 가볍네요. 번쩍 들려서 코를 찌를 뻔했어요."

"하녀는 어떻게 된 거지?"

"한참 전에 나갔어요."

"아까는 있었고?"

"뭔가 가지러 갔겠죠."

"우리 둘뿐인데 마주 보지 않고 이렇게 나란히 앉아 있으니, 마치 미치광이가 요양하고 있는 듯한 기분이 드는군. 그렇지 않나?"

"저는 미치광이였던 경험이 없어서요."

"그런가."

"저건 무슨 소리죠?"

"바람 소리겠지. 어이, 거기 누구 있소?"

"있지요."

"누구지?"

"몰라요. 이봐, 너, 너."

"말 걸지 마."

산케이의 뒤에 앉아 있던 남자가 불쑥 모습을 드러내며 히죽히죽 웃었다.

"오늘 밤은"

등골이 서늘해서 서둘러 술을 더 마셨다.

"누구신가요?"

"나는 이름 없는 신인데."

"신께서 저와 말씀하시다니, 이상한데요."

그렇게 말하고 산케이는 직접 술을 따라서 연거푸 두세 잔 마셨다.

"이거 벌써 술이 떨어진 것 같군."

"아니요, 있어요. 자, 선생님부터 한잔."

언제 들고 왔는지 그 앞에도 비슷한 상이 있었다.

"자, 한잔 비우거라."

"이거 정말 황송하군요. 신이 따라주는 술을 마시다니."

"선생님, 그만두세요. 이상합니다."

"괜찮아. 괜찮아. 나는 역신(천연두를 맡았다는 신)도, 가난을 가져오는 신도 아니야. 자, 받거라."

그렇지만 입고 있는 스탠딩칼라 양복에 달린 단추의 놋쇠가 벗겨져 있어서 가난을 가져오는 신인지 아닌지 긴가민가했다. 어딘가의 수위처럼 앉아 있는 무릎이 왠지 추워 보였다.

"산케이, 뭐 어때. 기왕 이즈모에 와서 만났으니 기념으로 한잔 마시자."

"괜찮을까요?"

"어쩔 수 없는 일은 깔끔히 포기하는 게 나아."

"하긴 그야 그렇죠. 맞는 말씀이에요."

"그럼 감사히 받겠습니다만, 도쿄 고이시강小石川의 우시가하나牛ヶ鼻 천신天神의 말사末社(본사에 부속된 신사)에 가난을 가져오는 신의 사당이 있는데, 혹시 아십니까?"

"잘 압니다. 평소에 소원을 빌러 즐겨 찾거든요."

"아시는 분입니까?"

"저의 선배를 모신 곳으로 공물이 아주 많습니다."

"신들께도 선후배가 있습니까?"

"있다마다요. 인간 사회보다도 선배를 더 깍듯이 모시지요."

남자는 상 위의 음식을 게걸스럽게 먹었다. 생선구이는 입에 물고 옆으로 발라먹었다.

놀란 표정의 나를 힐끗 보고는 머쓱했는지 입에 문 생선을 접시에 도로 내려놓았다.

새침하게 무릎 위에 얹은 손이 엄청 지저분했고, 손톱은 자랄 대로 자라 있었다.

"묘일卯日, 해일亥日, 사일巳日, 미일未日에 손톱 자르지 마."

"무슨 말씀입니까?"

"날마다 너무 바빠."

"회의가 있으시죠."

"위원회와 연락 회의가 있지."

"무슨 일을 의논하십니까?"

"그건 말할 수 없어. 방자하게 그런 질문을 하다니."

"송구합니다."

"일부러 안내해주겠다는 곳은 보지도 않고."

"만나러 온 사람은 홀대하고."

"젊은 사람과 술만 퍼마시고."

얼굴을 실룩실룩하며 눈을 치켜뜨고 떠들어댔다.

"기생도 화났어."

"얼른 돌아가게."

"망할 놈의 영감탱이."

표정이 바뀌자 아차 싶었다. 복장은 달라도 아까 응접실에서도, 그 전에 여러 사람 속에서도 봤던 얼굴이었다. 뒤늦게 알아차렸더니 눈이 반짝반짝 빛났다.

그때 하녀가 맹장지를 열더니,

"어? 또 나타났네. 저기요, 지배인님!"이라며 날카롭게 소리쳤다.

남자는 쓱 일어나서 술주정뱅이처럼 비틀비틀하더니 이내 번개 같은 속도로 맹장지 밖으로 튀어나갔다. 고개 숙인 채 곤히 잠든 산케이는 일어나지 않는다.

"대단히 죄송합니다."

"신인가?"

"신이라니요. 간덴안의 안데스 여우Lycalopex culpaeus(쿨페오)입니다."

"여우였어?"

"오실 때 따라왔어요. 어머, 저쪽 방에 내갈 상이 하나 부족하다 했더니 여기에 있었네."

13

신인지, 간덴안의 여우인지, 혼자 잔뜩 취해서 깬 탓이었는지 날이 밝자 오늘도 역시 날씨가 맑고 화창해서 자기 전에 보았던 호수 위를 감싼 안개는 온데간데없었다. 어젯밤의 안개는 한눈에도 숨이 턱턱 막힐 정도로 자욱했다. 호수 위를 나는 밤새 소리가 안개 사이로 요란하게 들린 뒤에는 대교를 건너는 발소리도 끊겨서 고요했다.

오늘 아침 눈을 뜨자마자 무슨 이유인지 대뜸 잠들기 전에 들었던 소리가 생각났다. 멀리 건너편 호숫가에서 희미하게 덧문을 밀어서 여는 소리가 났는데, 정말로 들은 건지 긴가민가하다.

환하게 날이 밝은 지금 보니 건너편의 호숫가는 너무 멀어서 아무리 주위가 조용해도 소리가 여기까지 들릴 것 같지는 않다.

괴이한 현상 앞에서 그렇게 인사불성이었던 산케이는 오늘 아침에는 멀쩡하고 기분도 좋아 보였다.

하긴, 나도 그런대로 말짱했다. 자, 이제 늦기 전에 떠날 채비를 해야 한다. 어제 맞은편 호숫가의 산기슭에 흰 연기를 길게 휘날리며 달렸던 이즈모 상행선 702호 열차를 타고 오늘은 오사카까지 돌아갈 작정이다.

숙소를 떠나 마쓰에역에 도착했는데, 아직 시간이 남아서 한잔했다. 어제 보았던 신문기자 중 한 사람이 오늘은 역으로 온댔는데 아직 오지 않았다. 열차가 도착하기 전까지 딱히 할 일이 있는 건 아니지만, 어쨌든 기자가 찾아오면 출발하기 전까지의 시간이 그만큼 촉박해진다. 시간도 남고 심심해서 배웅하러 온 여관의 하녀 둘을 돌아보았다. 얼굴만 봐서는 누가 우리 방 담당이었는지 아리송하다. 둘 다 우리 방 담당이었나? 그렇다고 하기엔 두 사람 모두 낯설었다. 아니, 아주 생소한 얼굴은 아니나 왠지 또렷이 기억나지는 않았다. 그러나 오늘은 어젯밤과 달리 모든 일이 긴가민가하지는 않을 것이다.

플랫폼에 들어온 702 열차를 타고 정확히 11시 40분에 출발했다. 이윽고 산케이가 말했다.

"앗, 잊어버렸다."

"뭘?"

"하녀에게 그 말 하는 것을 잊었습니다."

"뭔 소리야?"

"곧은뿔중하에게 안부 전해달라고요."

그러나 곧은뿔중하가 산케이의 진심 어린 그 말을 듣고 과연 기뻐할까? 무엇보다 그 새우는 이미 그의 배 속에 들어가 있다.

신지호로 이어지는 나카노우미 연안에서 세키의 소나무

다섯 그루關の五本松*가 있는 미호노세키 방향을 멀리서 바라보며 야스기부시安來節**의 야스기역을 통과했다. 이번에는 차창의 오른쪽으로 보이는 돗토리현 다이산大山의 산세를 바라보며 요나고米子를 지나쳐 갔다. 돗토리에 가까워지자 우울한 모래 언덕砂丘이 우리를 맞이했다. 요컨대 엊그제 지나온 곳을 지나 마쓰에에서 멀어질수록 오사카에 가까워졌다. 그런데 오사카가 여정의 종착역인 것은 엄연한 사실이지만, 겹겹이 포개진 산 건너편의 어디쯤 있는지 짐작도 가지 않았다. 열차가 산을 뒤로하며 커브를 돌자, 뒤쪽에 있는 객실에서 기관차의 앞부분이 잘 보였다. 칙칙폭폭 맹렬히 비탈을 올라가는 기관차를 그저 한가로이 좌석에 앉아서 차창으로 이따금 바라보았다.

집에서 빈둥거리는 것과는 딴판이다. 마쓰에에서 오사카까지 8시간, 정확히 말하면 7시간 50분. 그동안 하던 일을 끝낼 생각은 전혀 없다. 오늘 하루 한 일이라고는 멍하니 앉아 있는 것뿐이었다. 그렇게 앉아만 있으면 기관차가 목적지인 오사카를 향해 부지런히 달려간다. 가져온 일을 하지 않아도

---

* 시마네현 미호노세키초美保關町(현재 미호노세키초에 설치된 해협)의 민요로. 미호노세키 항구의 산에 있는 다섯 그루의 소나무를 말한다. 미호 신사에 참배하러 가는 다이묘를 수행하는 무사의 창에 걸리적거린다는 이유로 잘려 나간 일을 아쉬워하는 가사가 담겼다고 한다.
** 시마네현 야스기 지방의 민요. 시마네현 일대에서 불렸던 뱃노래인 이즈모부시出雲節가 변화한 것으로. 주로 연회에서 샤미센과 북에 맞춰서 불렀다.

오사카는 가까워지기 마련이니, 그저 하릴없이 죽치고 앉아 있었다.

고개에 접어든 기차의 창문 옆으로 낮게 드리워진 오후의 하늘은 시간이 지날수록 약간씩 흐려졌다. 열흘가량 먹구름이 끼어 있었다. 어둑어둑한 하늘 아래를 줄기차게 달리던 기차는 어느덧 아마루베余部철교*에 가까워졌다. 높은 제방 위에서 산마루의 그늘에 펼쳐진 동해의 흰 물결이 보이더니 이내 그 철교에 접어들었는데, 이런 식으로 되돌아가면 아마루베의 운치를 느낄 수 없다. 결국 철교에서 터널로 들어가 컴컴한 창밖만 보다가 아마루베를 지나갔다.

이윽고 어딘가 쯤에서 해가 저물었다. 초혼 무렵에는 드문드문 있던 연선(선로를 따라서 있는)의 등불도 차츰 그 수가 늘어나더니, 주변이 온통 불빛으로 반짝거리는 오사카에 도착했다.

널을 깐 플랫폼 위로 내린 데다, 오랜 시간 앉아 있기만 해서인지 걷기가 힘들었다.

택시를 불러 곧장 호텔로 간 다음 그와 한잔 마시기 시작했다. 기차 안의 양식당은 식사 예절을 깍듯이 지키므로 밤이

---

* 일본 제일의 규모를 자랑하는 가장 높은 철교로, JR 산인山陰 본선의 요로이역과 아마루베역 사이에 위치한다. 바닥 틀을 떠받치는 골조 구조의 트레슬 브리지Trestle Bridge 형식의 철교로 산인 본선의 명물이다. 총길이 309.4미터, 교각 높이 41.5미터.

몹시 기다려졌다. 그러나 식당은 이미 문 닫을 시간이어서 어쩔 수 없이 간이 양식당에 자리를 잡았다. 간이 양식당은 자칫하면 엷은 연기가 널리 퍼져서 불쾌한 냄새가 날 수 있지만, 그렇다 해도 참아야지 별수 없다.

잠깐 돌다가 오자 산케이가 자꾸만 주위를 둘러본다. 뭐가 마음에 걸리냐고 물어도 아무것도 아니란다. 우리 턱밑까지 사람이 꽉 찼다. 이상하게도 말하는 목소리는 귀에 거슬리지 않았으나 낌새가 영 수상해서 나도 무심코 둘러보았다.

"선생님은 뭘 보세요?"

"그냥."

요컨대 괜스레 심란한 일 만들지 않고 우리 테이블에만 전념하기로 했다. 또다시 어젯밤 같은 일이 생겨서는 곤란하다.

비파 잎

나처럼 자네도 끝까지 반신반의하는 표정이었지. 자네 탓에 결국 이런 이야기를 하게 된 것 같아.

평소보다 과음한 탓에 술자리를 마칠 무렵에는 돌아가는 상황이 상당히 어정쩡했어. 그나저나 역시 전통 기생 게이샤는 이름값을 하더군. 그 자리에 모인 아름다운 기생들 가운데 늘씬하고 수려한 외모의 한 기생이 열심히 자네의 술시중을 들기에 처음에는 흥미로웠어. 나긋나긋하게 접대하는 모습이 라인강의 로렐라이까지는 아니어도 백합처럼 우아했지. 그 여자는 내 시선을 피하지 않고 흘끗 보더니 바로 자네에게 술을 따르거나 말을 건넸어. 자기도 취했으면서 이런저런 핑계를 대며 오로지 자네한테만 매달려 술시중을 들더군. 필시 술에 취해 알딸딸한 상태에서 내 관심을 끌려는 수작이라고 여겼으나, 또다시 여자가 나를 흘끗 보았어.

결정타는 바로 정전이었지. 가뜩이나 피곤한 상태에서 하필 그날따라 연신 불이 꺼졌다 켜졌다 하는 바람에 점점 더 취기가 올랐던 것 같아. 집에 가려고 현관 마루에 앉아서 구두를 신으려는 순간 또다시 캄캄해졌어. 정전된 적이 없다니, 희한하군. 그럴 리가 없을 텐데. 자네와 함께 현관에 나갔다 왔잖아.

그 지독하게 좁고 긴 길을 자네와 단둘이서 무슨 이야기를 하며 비틀비틀 걸어 나왔는지는 기억나지 않아. 다만 화재감시대가 있는 사거리에서 헤어져서 자네가 집으로 갔던 것만은 똑똑히 기억해. 흐린 밤하늘의 구름이 갑자기 낮게 내려와서 홀로 걸음을 뗄 적마다 구름 속을 걷는 기분이었어. 허풍 떠는 게 아니야. 아마도 취기가 올라서 그런 기분이 들었겠지.

석재상이 있는 삼거리까지 왔더니 세 방향에서 깨끗한 바람이 불어왔어. 정말이야. 바람이 만나는 곳이니 조우하지 말란 법도 없지. 넋을 잃고 그 자리에 서 있는데, 아까 본 그 여자가 정면에서 오더니 오래 기다리셨죠, 하더라고. 사실이니까 반신반의해서는 안 되네. 어쨌든 그 여자는 밤에도 아리따운 것이 아니라 밤이어서 수려하다는 사실을 가슴 깊이 새겼어.

"아까 본 오라버니는 어디 가셨어요?"

"네거리에서 건너편으로 갔어."

"어머."

"왜 그러지?"

"길이 어긋났나?"

멍청하게 보이지 않으려고 정신을 바짝 차리고 가던 길을 갔어. 여자는 자연스레 나와 나란히 걸었지. 맞은편 길 끝의 모퉁이 주변이 유독 어두웠는데, 비파 잎만 한 붉은 불꽃이 땅에서 약간 떨어져 너울너울 흘러갔어. 하나가 꺼졌다 싶으면 이내 비슷한 높이에서 두세 개가 연이어 나왔다가 다시 스르르 꺼졌지. 내 기억으로는 여자가 잠시 목이나 축이고 가자고 했던 것 같아. 골목을 돌자 작은 요릿집이 나와서 우리는 객실로 들어가 맥주와 청주를 마셨어. 역시나 능수능란한 솜씨로 술을 따르더군.

"너도 마셔."

"감사히 받겠습니다."

잔을 손에 든 채 내 얼굴을 바라보는 눈망울에 불빛이 아른거렸어.

그 순간 또 전기가 나갔어. 아니, 나가려다 다시 들어왔는지도 몰라. 잠자코 있기에 나도 아무 말 하지 않았어. 문득 아까 봤던 붉게 타오르는 비파 잎이 마음에 걸렸어. 컴컴해서 맹장지도 벽도 보이지 않았지. 무한히 펼쳐진 어둠 속 멀찍이 떨어진 막다른 곳에서 뭔가가 깜빡이더니 전깃불이 확 켜지더군. 이윽고 당장이라도 붉게 타오를 것 같은 비파 잎처럼 생긴 물체가 또다시 눈에 띄었어.

"금방 사그라질 테니 부질없어요"라고 여자가 천박한 투로 말했어.

"왜?"

"히라이平井 제방에서 사사산笹山을 보는 기분이네요. 호호호."

나는 어정쩡한 기분으로 안절부절 어쩔 줄을 몰랐어. 그리고 오래전 일이 기억났지. 수십 년 전에 죽은 할머니의 딸이 날이 저문 뒤 마쓰리즈시祭り鮨*를 들고 돌아올 때 히라이 제방을 지나자 한 손에 든 초롱불이 자꾸 사그라져서 결국에는 훅 하고 꺼버렸대. 그 순간 논 건너편의 사사산 기슭에 등이 켜졌어. 비파 잎처럼 생긴 것이 줄줄이 불타거나 혹은 훅 불어서 꺼진 듯이 순식간에 어두워졌다지.

"그것 보세요. 부질없죠?"

"얕봐서는 안 돼."

"아직도 있죠?"

"그만해."

"다케시 씨가 오마치雄町강에서 잉어를 잡았어요."

"응, 그 말을 들으니 생각나는군."

"벌써 알고 계시면서 거짓말하지 마세요. 이노키치 씨가 만주바위饅頭岩 위에 앉아 있어요."

그때 여종업원이 작은 술병을 새로 가져와서 무릎을 꿇으면서,

"냄새가 정말 고약하군요. 무슨 냄새죠?"라며 허둥지둥 밖으로 나갔어.

새로 가져온 술병을 들고,

"아까 본 오라버니는 분명 그쪽 어딘가에 앉아 계시겠군요."

"이노키치 씨처럼 말이지?"

"호호호."

갈수록 술맛이 꿀맛이라 그만 마실 수가 없었어.

또 전기가 나갔지. 어쩔 수 없어서 가만히 있었더니 어둠이 점점 커졌어. 여자도 어둠 속에서 잠자코 있는 듯했지. 다만 종업원이 한 말을 들어서일까. 무슨 냄새가 나는 것 같기도 했어.

이번에는 아무리 시간이 지나도 전깃불이 켜지지 않았어. 시간이 얼마나 흘렀을까. 어둠 속에서 가슴이 철렁했어. 밖에서 한 줄기 빛이 비치더니 붉은색 초를 꽂은 촛대를 들고 여종업원이 들어왔어. 무릎을 꿇고 촛대를 바닥에 놓은 순간,

여종업원은 의미를 알 수 없는 고함을 지르며 후다닥 밖으로 뛰쳐나갔어.

여자가 촛대에 얼굴을 가까이 대고 훅 불어서 불을 껐는데, 그 모습이 마치 작은 불꽃을 먹은 것처럼 보였어. 다시 어두워졌으나 어둠 속에서 느껴지는 기척이 지금까지와는 다르더군. 촛불이 꺼지던 찰나, 뒤의 맹장지에 비친 무서운 그림자를 나도 똑똑히 보았어. 여종업원도 필시 그 그림자를 보고 줄행랑친 것일 테지. 곧이어 계산대 쪽에서 남정네의 앙칼진 목소리 혹은 웃음소리가 들려서 누가 이리로 오나 했지만 착각이었어.

맥 빠지게 전깃불이 켜지고 그것으로 끝이었어. 머리가 맑아지며 흥이 깨졌고, 내 앞에 여자는커녕 아무도 없었어. 감쪽같이 사라졌다는 말은 아니야. 혹여라도 흥에 겨워서 계속 마음이 달떴다면 그 자리에 죽치고 앉아서 마냥 술을 따라주었을지도 모르지. 그리고 곰곰이 생각하니 실제로 앉아서 술을 마신 줄 알았던 요릿집의 객실도 어떻게 되었는지 아는 바가 없어. 때마침 술기운이 돌아서 기억이 가물가물할 때 그 일이 벌어졌고, 나와 상관없이 밤이 이슥해졌지만 술이 깬 뒤에 기억나면 귀찮으니까 그만하겠네. 그저 자네의 반신반의하는 표정이 못마땅해서 일부분을 말했을 따름일세.

수록된 글의 출전

거적(『게이자이오라이 經濟往來経済往来』 1933년 11월호)

개 짖는 소리(『소설신조小說新潮』 1950년 12월호)

그림자(『문학시대文學時代』 1929년 7월호)

환영(『와레라我等』 1922년 1월호)

효림기梟林記(『여성女性』 1923년 4월호)

사라사테의 음반(『신조新潮』 1948년 11월호)

푸른 불꽃青炎抄(『추오코론中央公論』 1937년 10월호)

유슈칸(『사상思想』 1929년 10월호)

유이역(『문예춘추』 1952년 8월호)

승천(『추오코론』 1933년 2월호)

거북이 운다(『소설신조』 1951년 4월호)

구름발(『문예춘추文藝春秋』 1944년 7월호)

어젯밤의 구름(『소설신조』 1951년 3월호)

간덴안의 여우(마쓰에행 바보 열차(발췌), 『슈칸요미우리週刊讀売』 1955년 1월 1일~2월 5일)

비파 잎(『센이치야千一夜』 1948년 7월호)

우치다 햣켄 기담집

초판인쇄 2024년 7월 31일
초판발행 2024년 8월 5일

지은이   우치다 햣켄
옮긴이   김소운
펴낸이   강성민
편집장   이은혜
기획   노만수
편집보조 정여진
마케팅   정민호 박치우 한민아 이민경 박진희 정유선 황승현
브랜딩   함유지 함근아 박민재 김희숙 이송이 박다솔 조다현 정승민 배진성
제작   강신은 김동욱 이순호

펴낸 곳   (주)글항아리
출판등록 2009년 1월 19일 제406-2009-000002호
주소   경기도 파주시 심학산로 10 3층
전자우편 bookpot@hanmail.net
전화번호 031-955-2689(마케팅) 031-941-5161(편집부)

ISBN   979-11-6909-278-4 03830

www.geulhangari.com